Hans-Jürgen Lueken · Aus meiner Advokatenzeit

Hans-Jürgen M. Lueken wurde am 29. April 1940 in Hamburg als viertes Kind einer Pastorenfamilie geboren. Er studierte die Rechtswissenschaften in der Hansestadt. Die Referendarzeit verbrachte er auch dort an mehreren Gerichten und in einigen Anwaltskanzleien. Nach der zweiten juristischen Staatsprüfung 1970 entschied er sich, als Junganwalt in einer Kanzlei der Lüneburger Heide in Ahlden /Aller mitzuarbeiten.

1971 wurde er durch die Landesjustizverwaltung zum Notar bestellt.

1972 wurde ihm durch die Rechtsanwaltskammer Celle die Berechtigung anerkannt, sich als Fachanwalt für Steuerrecht zu bezeichnen.

1973 bekam er vom Präsidenten des Oberlandesgerichts die Genehmigung, in seiner Eigenschaft als Rechtsanwalt und Notar Sprechtage in Rethem und Schwarmstedt abzuhalten.

Nach Aufhebung des Amtsgerichts Ahlden im Jahre 1973 verlegte die Kanzlei Mestwerdt, Lueken und Partner ihren Sitz nach Walsrode.

So wirkte Hans-Jürgen M. Lueken dort als Anwalt, als Fachanwalt, als Notar (bis 2010 altersgemäß das Notaramt erlosch).

Er brachte sich bereits in den 80er Jahren in das kulturelle Leben des Landkreises ein: in den neunziger Jahren war er im Vorstand des Vereins »Kulturring Fallingbostel« tätig. Er war auch tätig im Vorstand des Orchesters »Sinfonietta Concertante« und des historischen Vereins »Geschichtshaus Bomlitz«, der die Zeitschrift »RÜCKBLENDE« herausgibt.

2012 erschien sein Buch »April 45. Ein Anfang. ›By Order of Military Governement‹, Britische Militärverwaltung und Militärjustiz, Spruchgericht Bomlitz-Benefeld.«

Hans-Jürgen Lueken

# Aus meiner Advokatenzeit

Justiz: lacht – weint – richtet

Dieses Werk einschließlich aller seiner Teile ist urheberrechtlich geschützt. Jede Verwendung außerhalb der engen Grenzen des Urheberrechtsgesetzes ist ohne Zustimmung des Verlags unzulässig und strafbar. Das gilt insbesondere für Kopien gleich welcher Art, auch in elektronischen Systemen.

© 2014 Hans-Jürgen Lueken, Bad Fallingbostel
Satz und Layout: Buch&media GmbH, München
Umschlaggestaltung: BrüsehoffDesign, Bad Fallingbostel
Herstellung und Verlag: BoD – Books on Demand
Printed in Germany · ISBN 978-3-7357-4779-2

# Inhalt

Vorwort .................................................... 7
Fite ....................................................... 10
Das Phantomtestament ..................................... 11
Automaten-Marutti ........................................ 16
Flüchtlinge ............................................... 20
Der Philosoph ............................................. 22
Zurück aus der Verbannung ................................ 26
Gänserupfen .............................................. 28
Der letzte Wille .......................................... 32
Justitia mag kein Blassrosa ............................... 34
Die Notarurkunde ......................................... 45
Ein Verkehrsunfall am Wieheholz .......................... 50
Ein Richter geht in Deckung .............................. 55
Das Türkenpfand .......................................... 57
Landleben ................................................ 64
Zähne zur Weihnacht ...................................... 69
Die Sache Urigkeit ....................................... 75
Zitate ................................................... 89

*Ein ordentlicher Jurist verfasst ein*

# Vorwort,

*wenn er einmal zur (elektronischen) Feder greift. Dieser Übung will ich mich nicht widersetzen.*

Mehr als vierzig Jahre anwaltlicher Tätigkeit in den Bezirken der Amtsgerichte Ahlden und Walsrode geben hinreichend Gelegenheit und Stoff für diese kleine Erinnerung an eine lange Zeit. Ich bin vielen Bürgern hier und bei den umliegenden Gerichten – Oberlandesgericht Celle etwa, Land-, Finanz-, Verwaltungs- und Sozialgerichten – begegnet, habe mir ihre Probleme zunächst angehört und versucht, bei deren Lösung mitzuwirken. Ich habe mit wunderbaren Kolleginnen und Kollegen, Mitarbeiterinnen und Mitarbeitern zusammengearbeitet.

Während all dieser langen Jahre staunte ich oft über die Bedeutung und Farbigkeit des Lebens »der Justiz«, keineswegs trocken und langweilig. Das wieder ergab zwangsläufig die Begegnung mit Bürgern aus allen sozialen Schichten. Mir wurde deutlich, dass das Leben in und mit der Justiz in diesen Jahren sicher auch ein Stück spannende gesellschaftliche Entwicklung darstellte: Es waren zunächst noch typische Probleme der Nachkriegszeit – Flüchtlinge, Spätheimkehrer – dann Nachklänge der »68ger-Zeit«, der »APO«, somit auch der Aufarbeitung der NS-Zeit. Es konsolidierte sich die Gesellschaft ganz erheblich – nicht immer im Sinne einer positiven Entwicklung.

Vielen von uns war durchaus bewusst, dass wir in eine glücklichere Zeit hineinlebten, als die, aus der unsere Eltern gekommen waren: keine Kriege hier, keine wirtschaftlichen Zusammenbrüche, viele berufliche Chancen und deren mögliche Verwirklichung.

In dem Mikrokosmos der Gerichtsbezirke, räumlich dem des Oberlandesgerichtes Celle, war das alles gut zu sehen. Die Einstellung der Bürger zu »ihren« Gerichten, »ihren« Richtern aber auch zur Verwaltung jedweder Art konnte ich in ihrer enorm schnellen und durchgreifenden Entwicklung feststellen. Ich war dabei sicher keiner von »denen da oben« und wollte es auch nicht sein. Die Beobachtung dieser Veränderungen jedoch faszinierte mich.

*Die Rechtsberatung*

Vielfältige Reformen der Justiz und der Verwaltung habe ich erlebt, da sich die soziokulturellen Rahmenbedingungen in rascher Folge änderten. »Reformen« machten und machen es Justiz und Verwaltung oft schwer, als Anwälte zum Wohl ihrer Mandanten dieses oft hastig und widersprüchlich geänderte Recht anzuwenden und es dem Bürger zu »übersetzen«. Es war gelegentlich ein »Chaos«. Ich sah die Justiz oft als eine Art von gefallenem »Gulliver« im Lande der Liliputaner, durch »kleine Zeitgenossen« in den Parlamenten mit Tausenden von »Tauen« – den Gesetzen – an Armen, Beinen und Haaren am Boden bis zur Bewegungslosigkeit festgezurrt.

Aber während all dieser Zeit begegnete ich vielen vergnüglichen Situationen, »Fälle« von oft ungewollter Komik.

Auch beklagenswerte Ereignisse in den Familien und Gruppen musste ich erleben. Es war eben nicht alles »zum Lachen«.

Mir war immer bewusst, dass ich dieses festhalten möchte. Ich legte deshalb in allen diesen Jahren dann und wann einmal eine Akte in ein gesondertes Fach in dem Aktenlager unserer Kanzlei zur späteren Erinnerung an die Sachverhalte, nicht an die Personen.

Einige dieser Fälle berichte ich hier. Ich berichte nicht von den durchaus erlebten großen Wirtschafts-/Strafverfahren, wie z. B. »Mergers and Acquisitions« – also die Sanierung, die Käufe, Verkäufe und Umstrukturierungen von Wirtschaftsbetrieben –, den zivilrechtlichen oder notarischen Verfahren.

Dabei ist es für mich selbstverständlich, dass ich hier »anonym« vorzugehen habe, also die Namen und Plätze der Erinnerungen nicht preisgeben werde. Etwaige Namensgleichheiten und Plätze sind zufällig und nicht gewollt.

# Fite

Das Faszinierendste waren für mich immer die Menschen, denen ich in ihrer Arbeitswelt begegnete. Diese Begegnungen haben mir später immer geholfen, Mandanten – und Gegner – zu verstehen. So arbeitete ich während der Semesterferien bei der Schiffswerft Blohm & Voss in Hamburg. Ich musste seinerzeit ein Werftpraktikum ablegen, da ich beabsichtigte, einige Zeit zur See zu fahren.

Ich war bei den Rohrschlossern und baute mächtige Rohre für das »Innenleben« des Schiffs – nach meiner Erinnerung war das die »Wappen von Hamburg«. Bei den Arbeitern gab es keine »Dienstgrade«. Die Kollegen standen zusammen, jeder für jeden. Die unbestrittene Autorität, die es für die etwa 150 Rohrschlosser dort gab, war »Meister Knüppel«. Was er anordnete, wurde widerspruchslos ausgeführt. Er überblickte alles, er sah alles. Selbst die Ingenieure »kuschten«. Er stellte sich mittags kurz vor zwölf in die Mitte des großen Betriebshofes. So konnte keiner der 150 Rohrschlosser dort auch nur wenige Minuten zu früh Mittag machen. Ich habe lange Zeit nach meinem Ausscheiden aus dem Betrieb noch von Meister Knüppels »hart, aber gerecht« gehört. Ich erlebte dort auch eine der ersten Einschätzungen meiner späteren Tätigkeit als Jurist.

Dem kleinen Rohrschlosser »Fite« – in Hamburg wird ein »Friedrich« oft »Fite« genannt – hatte ich zuzuarbeiten. Er wusste nicht so recht, was er von so einem »Student« zu halten hatte.

Er sah mich immer wieder zweifelnd an, unsicher, und dann einmal: »Was willst du denn werden? Die anderen sagen, du studierst auf Recht. Du bist ja doch Student.«

»Ja, Fite, so genau weiß ich das selber noch nicht. Möglicherweise aber Richter. Aber sag du mir mal, was ich werden soll.«

Diese Frage zu beantworten, fiel ihm offensichtlich schwer. Ganz vorsichtig, fast ängstlich strich er sich mit einer Handkante um den Hals. »Ja, willst du Scharfrichter werden?« Ich konnte ihn beruhigen und hatte nun eine Empfehlung für einen Beruf.

# Das Phantomtestament

Frau I. von Hackelberg war unverheiratet gestorben. Das Übliche: Generationen einer tüchtigen Familie hatten ein bedeutendes Unternehmen aufgebaut. Die drei Erben des Gründers, Töchter I. und A. und der Sohn G. von Hackelberg, alle kinderlos, zwischen fünfzig und sechzig Jahre alt, unverheiratet, verkauften das so geerbte Unternehmen für mehr als dreißig Millionen Euro.

Sie hatten nun nur noch eine Leidenschaft: dieses Geld auszugeben. Der Sohn von Hackelberg kaufte sich ein märchenhaftes Anwesen mit Garagen für seine umfängliche Sammlung von PKW-Antiquitäten, Tennisplatz, Schwimmbädern, einem malerischen Park, einem »kleinen« historischen Gutshaus. Es verblieben ihm trotzdem Mittel, die ihm ein sorgenfreies Leben gesichert hätten. Wegen seines verschwenderischen Lebenswandels waren seine ererbten Mittel jedoch recht bald erschöpft.

Die Schwester A. von Hackelberg spendete einer Sekte reichlich zum Erwerb eines Missionszentrums. Es verblieb ihr jedoch ein größerer Geldbetrag. Sie hatte ihn in bar in ihrer Villa »zurückgelegt«, versteckt. Diese allerdings brannte aus nicht geklärten Umständen vollständig nieder; das Bargeld konnte nicht gerettet werden – oder war gestohlen.

Die erwähnte Frau I. von Hackelberg hatte – gut beraten – ein Gut und weitere Immobilien in Norddeutschland erworben.

Eine Handvoll wertvoller Pferde machten weiter standesgemäße großartige Auftritte bei den Pferderennen nicht nur möglich, sondern auch geradezu notwendig. Sie war eben eine Exzentrikerin und überzeugte Tierschützerin. Ihr eigenes Wohnhaus allerdings glich einem Tierasyl: an die dreißig Katzen und zwanzig Hunde hatte sie in ihren persönlichen Räumen untergebracht. Diese Katzen und Hunde waren für sie sicherlich ein Kindersatz.

*Die glücklichen Katzen*

Sie erkrankte schwer.

Die große Stunde der Erbprätendenten schien nun für die Geschwister gekommen: Ein Notartestament bestand nicht. Lediglich handschriftliche Testamente hatte I. von Hackelberg verfasst, die die Geschwister jedoch nicht begünstigten. Den Geschwistern hatte sie bei einem Streit klargemacht, dass sie sie in ihrem Testament die Geschwister nicht begünstigen werde. Es solle ja alles »ihren Tieren« zukommen, insbesondere die Barmittel von mehreren Millionen DM.

Die Geschwister sahen nunmehr im Angesicht des Todes der Schwester Handlungsbedarf. Das von den Eltern ererbte Geld stehe doch ihnen, den Geschwistern, zu.

Nur ein neues Testament konnte hier helfen ...

Notare wissen: Gerade reiche Bürger neigen dazu, wegen ihres Geizes – der sie möglicherweise auch reich gemacht hat – die Kosten für ein notarielles Testament zu sparen.

Für die Abfassung von Testamenten werden oft die abenteuerlichsten Vorlagen genommen: die Mitspieler des Bridgeclubs, die ganze »Regenbogenpresse« aber auch die BILD-Zeitung machen oft wirklich abenteuerliche Vorschläge für solche handschriftlichen Testamente. Die Bürger schenken immer wieder diesen Quellen mehr Vertrauen als einem Notar. Es ist in Deutschland nun einmal so, dass solche handschriftlichen Testamente grundsätzlich wirksam sind.

Ein eröffnetes handschriftliches Testament der Frau von Hackelberg zugunsten meines Mandanten, einer Tierschutzeinrichtung und einer Jugendschutzeinrichtung, war dem Amtsgericht durch Frau von Hackelberg vorzulegen und ein Erbschein zu beantragen.

Aber: Die Geschwister waren als Erben nicht bedacht, hatten also von der Erbschaft nichts zu erwarten.

Das rief den Bruder auf den Plan.

Empört wandte er sich an meine Mandantin.

»Das kommt gar nicht in Betracht, dass andere auch nur einen ›roten Heller‹ von dem Geld meiner Schwester bekommen. Meine verstorbene Schwester hat immer gesagt: unser Vermögen soll immer in unserer Familie bleiben.«

Der übergangene Bruder also schäumte, von seinen Anwälten tatkräftig unterstützt. Es ging ja immerhin um viel, viel Geld. Auch für die Anwälte des Bruders. Das beflügelte sicher Eifer und Ehrgeiz der ihn vertretenden Kollegen. Überraschend beriefen sich der Bruder und die Schwester auf ein »Phantomtestament«, also ein durch die Erblasserin errichtetes, aber dann abhandengekommenes Testament. Wenn ein Nachlassgericht von der Existenz des Phantomtestamentes zum Zeitpunkt des Todes der Erblasserin überzeugt ist, also eines die Geschwister begünstigendes, späteren als das durch uns vorgelegte Testamentes der verstorbenen Frau von Hackelberg überzeugt sein sollte, hätte der Erbschein zugunsten der drei Geschwister erteilt werden müssen.

So startete der Bruder ein gerichtliches Verfahren zur Erteilung des auch ihn begünstigenden Erbscheines. Er musste damit beweisen, dass seine Schwester ein Testament errichtet hatte, das verloren gegangen war.
Er benannte die Putzfrau der Verstorbenen als Zeugin.
Das Gericht ordnete eine Beweisaufnahme an. Zeugin und gegnerischer Anwalt kamen von weit her zum Beweisaufnahmetermin nach Hannover.
Der bekannte Kollege kam mit großem Auftritt, wie ihn solche Kollegen »brauchen«, um auf diesem Wege »rechtliche Kompetenz« zu zeigen: mit einem weiteren Anwalt und einem Referendar im Gefolge. Man reiste aus fadenscheinigen Gründen mit der Zeugin, »um ihr die Reise zu erleichtern«; zurück könne sie ja allein reisen.

Der vorsitzende Richter belehrte eindringlicher und ernsthafter zur wahrhaftigen Aussage, als ich es sonst bei ihm erlebte. »Also, Frau Zeugin, dann berichten Sie, ob Sie die Verstorbene gekannt haben, wann Sie die Frau von Hackelberg zum letzten Mal gesehen haben … und so weiter.«

Aufgeregt, nervös und ersichtlich ein wenig ängstlich begann dann die Zeugin:
»Ja, ich habe das Gepäck dem Krankenwagen, der Frau von Hackelberg in das Krankenhaus brachte, mitgegeben. Zu diesem Zeitpunkt war das Testament noch in ihrer Tasche gewesen.

Ich habe das Testament auch gekannt. Frau von Hackelberg hat es mir einmal vorgelesen und um meine Meinung gebeten. Die Geschwister sollten alles haben.«

Im Übrigen bestätigte sie brav den Vortrag des Anwaltes der Geschwister von Hackelberg. Das erschien mir mehr als unwahrscheinlich. »Frau P., haben Sie das Testament einmal sehen können?«

»Nein, das nicht gerade. Frau von Hackelberg hat es mir aber vorgelesen«.

»Wann genau hat Frau von Hackelberg es Ihnen denn vorgelesen?«.

»Das weiß ich nicht so genau.«

»War es in diesem Jahr?«

Ein ängstlicher Blick zu dem Kollegen gegenüber: »Das weiß ich nicht.« Aber dann schnell und fast trotzig: »Aber das Testament habe ich eingepackt!«

Der Vorsitzende hatte jetzt verständlicherweise Bedenken. »Na, Frau P. sind Sie mit dem hier anwesenden Anwalt von M. nach Hannover gereist?«

»Ja.« »Haben Sie bei dieser Fahrt auch über Frau von Hackelberg und ihr Testament und dieses Verfahren gesprochen?«

»Ja, kurz.«

»Auch darüber, was Sie heute hier zum Testament sagen sollten?«

»Ja.« Die Zeugin war jetzt immer unglücklicher in ihrer Rolle.

Der Richter: »Frau P., wenn es sich hier herausstellen sollte, dass Sie hier heute schwindeln, können Sie bestraft werden. Wenn Sie das alles nicht so genau wissen, sagen Sie es lieber jetzt!«

Sie nickte.

Der Richter war jetzt überzeugt, dass das Phantomtestament in der Tat ein Phantom war, also eines, das nie existiert hatte.

Der Antrag der Gegenseite, den Erbschein zu ihren Gunsten zu erteilen, wurde abgewiesen.

Das Berufungsgericht bestätigte diese Entscheidung.

# Automaten-Marutti

Er war nichts weiter als ein kleiner Automatenbetrüger. Immerhin mit einer beeindruckenden strafrechtlichen Karriere. Es wurde einmal wieder gegen ihn wegen eines weiteren Automatenbetruges und wegen einer Körperverletzung verhandelt, dieses Mal in Hannover. Marutti bestritt natürlich jede Tatbeteiligung.

So wurde die Hauptverhandlung eröffnet.
Der Richter mit der üblichen Richterroutine: »Name, Alter ...?«
Das lange Strafregister wurde verlesen.

»Na, Herr Marutti. Jetzt sind Sie dran. Was sagen Sie zu diesem Vorwurf?«
Als routinierter Angeklagter gab Marutti nichts zu. Er sei in der Automatenhalle noch nie gewesen. Das sei nicht seine Art. »Wo soll sie denn sein? In Laatzen? Ja, ich glaube, in Laatzen war ich schon mal.«
»Also, Herr Marutti: Die Polizei hat Sie keineswegs in Laatzen gestellt. Sondern schließlich im Zentrum von Hannover neben der Spielhalle festgenommen! Bestreiten Sie das auch?!«
Er tat das – von mir empfohlene – Richtige: er schwieg.
»Na, dann müssen wir eben einen Zeugen hören.«

Der Kriminalmeister K. wurde vorgerufen. Auch er wurde ermahnt, nichts als die Wahrheit zu sagen.
»Na, Herr Kriminalmeister. Was haben Sie ermittelt?«
»Unsere Wache liegt etwa vierhundert Meter von dem Tatort, das heißt von der Spielhalle entfernt. Die Dienstaufsicht der Spielhalle G. hatte mehrfach einen Trickdiebstahl angezeigt. Immer wieder wurden in einem der Automaten Schwedenkronen gefunden, sorgfältig mit einem Stück schmalen Tesafilmes präpariert. So wurden Schwedenkronen zu DM-Münzen. Diese waren deutlich weniger wert als DM-Stücke.

Die Aufsicht der Spielhalle hatte einen Verdacht, wer hier den Trickdiebstahl vollbracht haben könnte. Sie berichtete, dass immer wieder ein großer, kräftiger Mann, möglicherweise Südeuropäer – Schnauzbart, vertrauenerweckend – hohe Gewinne gemacht habe. Danach seien immer wieder im Münzcontainer präparierte Schwedenkronen gewesen.

»Ich« – so weiter der Polizist als Zeuge – »ordnete an, dass die jeweilige Aufsichtsperson unserer Dienststelle dann, wenn der mutmaßliche Täter erscheint, uns sofort informieren sollte. Sie solle sich aber nicht auf eine körperliche Auseinandersetzung einlassen.«

Der Richter dann trocken: »Warum eigentlich nicht? Ein bisschen was erleben ...«

Weiter der Zeuge: »Endlich gelang es der Aufsicht, uns rechtzeitig zu informieren: Er ist da, schnell! Zu zweit, Kriminalmeister P. und ich, stürmten wir sofort zum Tatort, Kriminalmeister P. zum Vordereingang und ich zum Hinterausgang. Die Ladentür selbst sollte sofort abgeschlossen werden. Als wir dann am Tatort waren, ›daddelte‹, also spielte Marutti noch. Die Türen aber waren nicht zu. Nun erfolgte der polizeiliche Zugriff. Marutti hatte wohl sofort unser Erscheinen bemerkt. Wie, weiß ich nicht. Er lief zur Rückseite. Marutti war schnell, gut trainiert. Er kannte sich auch aus in dem Gebäude. Mich rannte er zu Boden und war zunächst durch den Hinterausgang verschwunden. Ich sprang wieder hoch. Ich glaubte schon, dass Marutti im Gewühl der B.-Straße verschwindet. Wir entdeckten ihn aber und nahmen die Verfolgung sofort auf. Ich kam dicht heran. Ich glaubte ihn fast schon zu haben ...«

Der Richter drängte: »Na und, was passierte dann?«

Etwas kleinlaut setzte der drahtige Polizeibeamte fort: »Ja dann: plötzlich machte Marutti einen Sprung zur Seite. Ich wusste erst nicht warum Marutti Als ich es dann merkte, war es zu spät: Ich rutschte auf den glitschigen Exkrementen eines Hundes aus und schlug lang hin.«

Die im Gerichtssaal anwesenden Schüler, die im Fach »Sozialkunde« auf diese Weise ein bisschen den Justizalltag kennenlernen sollten, lachten herzhaft.

Der Richter hatte Sorge, dass die Schüler die Sache nicht so recht ernst nehmen wollten: »Ruhe, Ruhe, oder ich lasse den Saal räumen!«

So konnte der Zeuge nur etwas kleinlaut fortfahren: »Na, der Marutti war eben weg. Der Kollege war ja noch weiter entfernt – ebenfalls ohne die Möglichkeit, den Angeklagten zu verhaften. Der polizeiliche Zugriff war damit zwar zunächst gescheitert, aber andere Polizeibeamte haben ihn am selben Tag doch noch gefasst.«

Der Richter, sehr erfahren, weiter: »Na, Herr Marutti, was sagen Sie nun dazu? Wollen Sie immer noch bestreiten, tatbeteiligt gewesen zu sein?«

Lebhaft bestritt Marutti: »Der Polizist konnte mich doch gar nicht sehen. Der lügt doch. Ich habe die falschen Schwedenkronen nicht in die Automaten gesteckt!«, behauptete er noch immer.

Die Aufsichtsperson der Spielothek, wieder vorgerufen, mit Überzeugung noch ergänzend: »Die manipulierten Münzen konnten nur vom Angeklagten stammen! Wir haben vorher kontrolliert. Da waren noch keine falschen Münzen im Container. Nachdem dann geflohen war, haben wir sofort wieder nachgesehen. Da fanden wir wieder präparierte Münzen, dreizehn Stück.«

Der Richter wies den Angeklagten fast nachsichtig auf sein langes Vorstrafenregister hin. Dann aber noch einmal zum Polizisten:
»Na, Herr Wachtmeester, mit Ruhm haben Sie sich da ja nich beklaggert. Na je, es muss ja auch nicht immer Ruhm sein ...«

So jetzt also noch der Vertreter der Staatsanwaltschaft und letztlich ich als Verteidiger.

Der Staatsanwalt übertrieb die Bedeutung des strafbaren Handelns maßlos, wie das nun einmal fast immer bei Staatsanwälten ist – meinen die Verteidiger.

Der Angeklagte zeigte männliche Ruhe, war schon fast gelangweilt.

Ich als Verteidiger bestritt mit Überzeugung die Tatbeteiligung des Angeklagten. Letztlich seien ja zwei Personen im Spielsalon gewesen, der Angeklagte und sein Bekannter. Warum sei es denn so sicher, dass dieser Angeklagte und nicht sein Bekannter gehandelt hatte? Ich als Verteidiger wies überzeugend weiter darauf hin, dass die Zeugen sich an der Wahrheit vorbeigemogelt hatten.

Dem Angeklagten blieb das letzte Wort:
»Was Herr Lueken da gesagt hat, ist vollkommen richtig. Ich bin

weggelaufen, weil die vom Spielsalon Schläger auf mich angesetzt hatten. Da musste ich doch weg. Nein – nichts habe ich gemacht. Nur weil ich Ausländer bin, sitze ich hier.«

Der Richter B. überhörte geschickt auch diesen Einwand. Er wollte rasch urteilen. Deshalb zum angeklagten Marutti: »Sie aber werde ich verurteilen: vier Monate zur Bewährung! Wegen des Trickdiebstahls. Wegen des Vorwurfes der Körperverletzung spreche ich Sie frei. Das, Herr Staatsanwalt, sehen Sie jetzt doch auch so?« Und zur protokollierenden Urkundsbeamtin: »Marjallchen, jeben Sie ihm das Papier mit der Belehrung, was er gegen das Urteil machen kann.« Dann allerdings vertrauensvoll zu Marutti und mir als Verteidiger: »Sie können natürlich auch verzichten ...«

Im Hinblick auf das wirklich beeindruckende Strafregister des Marutti riet ich ihm, auf die Einlegung von Rechtsmitteln zu verzichten.

Er war einverstanden. Er war eben ein routinierter Angeklagter.

# Flüchtlinge

Es gab sie immer in Deutschland. Die »Vertriebenen« aus Ostpreußen, aus dem »Warthegau«, aus Schlesien, aus Pommern, aus dem Sudetenland, die »Verschleppten« aus Wolynien. Später die Flüchtlinge aus der SBZ, Flüchtlinge alle als Folge der verbrecherischen Politik der NS-Täter, der Zwangsarbeit, der Konzentrationslager, der Vernichtung ganzer Völker.

Auch Flüchtlinge nach Deutschland aus vielen europäischen und außereuropäischen Ländern. Es gab deutsche Flüchtlinge vor langen Jahren schon als Auswanderer, Flüchtlinge als Folge von Verfolgung wegen ihres Glaubens, ihrer Zugehörigkeit zu Volksgruppen. Sie waren »ausgewandert«; eben geflohen von Deutschland in viele Länder dieser Welt: nach Nord- und Südamerika, nach Russland, nach Siebenbürgen.

Immer hatten sie Länder gefunden, in denen sie aufgenommen wurden – als Flüchtlinge, sei es als politische Flüchtlinge, sei es – wie heute definiert wird – als Wirtschaftsflüchtlinge, insbesondere in der Mitte des 19. Jahrhunderts.

Es gibt ihn jetzt auch für diese Flüchtlinge, den Schutz des Artikel 16 des Grundgesetzes. Jetzt kamen und kommen andere nach Deutschland, auch aus vielen Ländern dieser Welt. Sie waren oft auf die Hilfe der Rechtsanwälte angewiesen. Sie wurden fast nie mit offenen Armen aufgenommen. Sie baten um Asyl. Sie baten um Schutz vor Verfolgung, sie kamen aus wirtschaftlicher Not. Ende der Siebziger Jahre wurde das Asylrecht noch recht großzügig angewendet.

Die sogenannten »Ostblockflüchtlinge« waren zunächst wohlgelitten – es kamen ja auch erst wenige. Bei uns, Anwälte in der »Provinz«, entwickelte sich das Problem der rechtlichen Betreuung später. Zunächst in Ahlden, dann in Walsrode, kamen nach meiner Erinnerung zuerst Flüchtlinge aus Pakistan, später aus Vietnam als Aufnahme von nichtdeutschen Flüchtlingen wie die der deutschen

Kontingent-Flüchtlinge, aus der Türkei, aus dem Irak, aus Jugoslawien, und nach dem Fall der Mauer aus Osteuropa.

Der »Fischer-Weltalmanach« des Jahres 1963 erwähnt nur Flüchtlinge aus »Mitteldeutschland«, nach dem Stichwort »Asyl« suche ich vergebens. Im Almanach '77 ist weder unter dem Stichwort »Asyl« noch unter dem Stichwort »Flüchtlinge« etwas zu finden. Das Jahrbuch der BRD 1987/88 erwähnt 1970: 8645 Asylbewerber, 1980: 107.818, und 1986: 99.650 und 31.12.2009 51.506 Asylbewerber. Die Anerkennungsquote war – so der Almanach – 1970 noch 77%, 1980 nur noch 15%, 1986 16% und 2005 – so von mir geschätzt – nur noch 3%.

Eine großzügige Aufnahme wie die, die deutsche Flüchtlinge über Jahrzehnte, ja seit Jahrhunderten in anderen Ländern erhielten, gab es für diese Flüchtlinge nicht.

Ich fühlte mich – anders als viele meiner Kollegen – verpflichtet, auch diese »Fälle« zu bearbeiten und diesen Flüchtlingen einen Aufenthaltstitel in Deutschland zu verschaffen. Es kamen grauenhaft Verfolgte, die lange in ihren Ländern eingekerkert waren und denen in dramatischen Aktionen die Flucht gelungen war. Es kamen auch Polizeibeamte aus dem seinerzeit noch bestehenden Ostblock – zwei konnte ich auf ihren ausdrücklichen Wunsch als Problemfälle dem Verfassungsschutz/BND übergeben. Die Öffentlichkeit sah sehr bald in allen Asylbewerbern sogenannte »Wirtschaftsflüchtlinge«.

Das Problem, dem sich die Verwaltung, die Gerichte und damit auch wir Anwälte uns gegenübersahen war ein doppeltes: die Unterscheidung der eher berechtigten Asylbewerber von den nicht berechtigten »Wirtschaftsflüchtlingen« und die latent wohl immer vorhandene Abwehrhaltung der hiesigen Bevölkerung dem Fremden gegenüber. So erzählten hiesige Bürger freimütig von ihren Verwandten, die »damals ins Ausland mussten, weil es uns allen nach dem Krieg ja so schlecht ging, sodass unsere Verwandtschaft nach Kanada, den USA, Australien auswandern musste.« Jetzt aber, wo die Flüchtlinge, auch die »Wirtschaftsflüchtlinge«, kamen, »ist das doch unerhört«.

Vor diesem Hintergrund ist es nicht immer leicht gewesen, Asylbewerber zu vertreten.

> *»Allah ist mit den Standhaften.«*
> *Allahu maa es sabirin*
> *Koran, Sure 2, Vers 153*

## Der Philosoph

AZ – IX/79 BayOberVerwG – A.,
AZ – VIII 2.100 AG Walsrode – A.

Der Fall: Ahmad schob mir den Bescheid über die Ablehnung seines Asylantrages und das erstinstanzliche Urteil hin, das den Bescheid bestätigt hatte.
Der Bescheid hatte zusammengefasst:
Ahmad hatte seine Heimat, seine Heimatstadt Lahore in Pakistan verlassen.
Es war zu erheblichen bürgerkriegsähnlichen Unruhen gekommen. Der seit 1971 amtierende Z.A. Bhutto sah sich veranlasst, Wahlen durchführen zu lassen. Die PPP – Pakistan People Party – des Premiers Bhutto und die PNA – Pakistan National Alliance – hatten sich nicht nur politisch bekämpft. Pakistan drohte in einem Bürgerkrieg zu versinken. So kam es zum Staatsstreich des Generals Zia ul- Huq. Bhutto wurde zum Tode verurteilt und geköpft. Die Mitglieder der PPP wurden massiv verfolgt. Die Auseinandersetzungen zwischen der PPP und der PN waren auch religiös begründet
Ahmad hatte sich nach seinen Angaben für die PPP eingesetzt. Was er denn für die Partei gemacht habe? »Ich habe nachts auf dem Markt und vor den Häusern Propagandamaterial verteilt.« – »Aber die Bürger können doch gar nicht lesen.« – »Ja, aber wir hatten kleine Plakate mit dem Bild der Führer der PPP. Die haben auch ein Zeichen gehabt, das alle kannten. Mich hat die Polizei zweimal in Lahore verhaftet. Da konnte ich nicht mehr in meiner Heimat bleiben. Viele von uns sind dann nach Deutschland geflohen.«
So kam er am 3.3.1976 nach Deutschland
Er konnte am 26.3.1976 den Asylantrag stellen. Der Antrag war erfolglos. Die Klage vom 9.4.1979 wurde am 5.5.1982 durch das Verwaltungsgericht Ansbach abgewiesen. Die hiergegen eingelegte Berufung wies das Bayrische Oberverwaltungsgericht am 30.11.1982 zurück. Die Revision wurde nicht zugelassen.

Es wurde ihm am 9.12.1986 durch den Landkreis Soltau-Fallingbostel eine Bescheinigung über die Aussetzung der Abschiebung (Duldung) erteilt, die mehrfach verlängert wurde. Im Jahr 1990 reiste er aus und kehrte nach Pakistan zurück.

Der Mandant:
Meine Kollegen und ich hatten 1979 noch unsere Walsroder Kanzlei in der Brückstraße eingerichtet. Es war ein altes Fachwerkhaus aus dem Anfang des siebzehnten Jahrhunderts im Zentrum des Ortes, zwischen der evangelischen Kirche, dem Frauenkloster – und den beiden Banken, Kreissparkasse und Volksbank. Es kamen häufiger Flüchtlinge, Asylbewerber also. Sie wurden damals noch auf die Bundesländer, die Kreise und die Städte auch nach einem festgelegten Schlüssel verteilt. So waren auf Walsrode und Umgebung zunächst auch pakistanische Flüchtlinge verteilt. Sie durften den Landkreis Soltau-Fallingbostel nur mit Genehmigung des Ausländeramtes verlassen. Sie waren unendlich höflich, arbeitsam und geduldig.

Ein Landsmann, Mohamed, hatte Ahmad zu mir gebracht. Mohamed hatte ich zu seiner Anerkennung als politischer Flüchtling verholfen. Er war später an einem Hamburger Krankenhaus tätig, gründete eine Familie und hat gewiss nicht einen Pfennig Sozialhilfe erbitten müssen. Dazu sei er nicht nach Deutschland gekommen

Ahmad nun war klein, etwa 38 Jahre alt. Er machte einen sehr viel älteren Eindruck. Ein zerfurchtes Gesicht, Schnauzer, glatt gescheiteltes Haar. Immer sehr würdig, langsam, bedeutungsvoll. Er zeigte mir ein Zeugnis der Universität Lahore. »Ich bin Arzt in Lahore gewesen. Ich habe dieses Diplom an der Universität in Lahore erworben. Eine eigene Familie habe ich nicht. Ich habe aber neun Geschwister, für die ich auch sorgen muss«.

»Was wollen Sie denn hier in Deutschland machen? Sie wollen doch gewiss nicht nur von den Almosen des Staates leben.«

Mit großer Würde stellte er fest: »Ich bin Philosoph und Arzt.«

Ich versuchte ihm zu erklären, dass er in Deutschland nicht ohne weiteres als Arzt praktizieren könne.

»Dann bin ich Jesus. Den haben seine Leute auch ernährt.« Die große Ruhe und Selbstverständlichkeit, mit der er auf seine Eigenschaft als Heilsbringer hinwies, begannen mich erstmals zu beunruhigen.

Er kam fast täglich nachmittags in die Kanzlei, bat um einen Besprechungstermin und war keineswegs enttäuscht, wenn ihm klargemacht wurde, dass das nicht möglich sei. Er setzte sich in eine Ecke und machte sich Notizen. Er schrieb und schrieb. Soweit möglich, versuchte er dann und wann, sich mit anderen Mandanten zu unterhalten. Diese waren oft sehr von ihm beeindruckt.

Er schrieb so u.a.:

»*21 Buch (Schribe Block) habe ich schon geschrieben ...*
*Über Huq Philosofie*
*Über Welt*
*Über Gegenwart*
*Über meine Macht*
*Über Gedanken*
*Bin ich stupid*
*By Rashid Ahmed*

Die vielen Briefe, die er geschrieben hatte waren leider in einer Mischung aus den drei Sprachen: Urdu, Englisch und Deutsch. Er hatte viele Notizen in der Art von Briefen verfasst, die bedauerlicherweise mit seiner Hauptakte bei uns vernichtet wurden. Einige sind jedoch erhalten, so z. B.:

»*Ein Glaub(e)*
*All in All*
*Und alle Glauben sind falsch von Grund (auf).*
*Geben Sie mir Totestrafe oder lassen Sie mir gewinnen ...*
*Ein Glaube ist kein Spaß.*
*Wie viele Sekten gibt es in religions.*
*Islam und andere religions ...*
*...*
*Sie müssen bisalen weil ich bin versichert mit*
*Deutschland Gesetz*
*und Paragraf ...*
*Es gibt kein(nen) Gott nur Allah*

*Ende*

*Wie lange ich krige nicht Noble preis und Asylrecht*
*Solange ich besits keine ruhe –*
*Mein Klage is for Nobel Preiß und Asyl(ge)richt«*

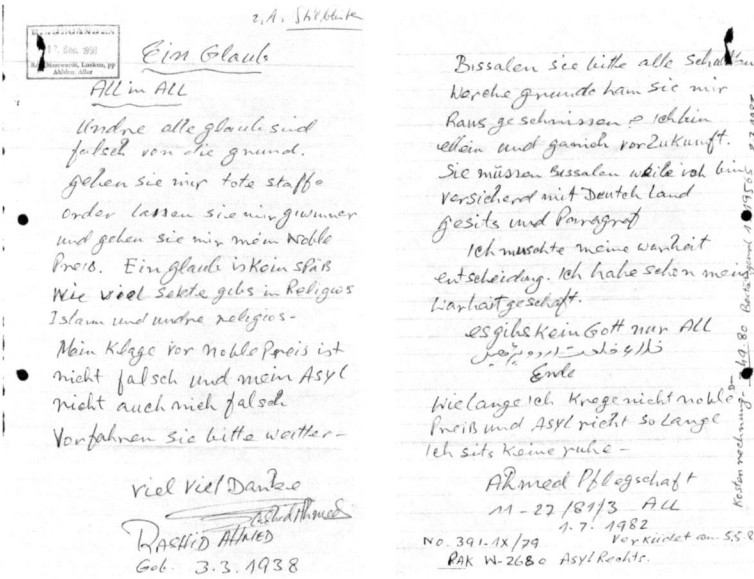

»Es gibt keinen Gott nur Allah.«

Das Ausländeramt regte die Einrichtung einer Vormundschaft an. Ich habe nie gewusst, ob das richtig war. Ich konnte nur feststellen, dass seine Landsleute ihn mit großer Ehrfurcht behandelten. Sie schwiegen immer, wenn er sprach, natürlich Urdu.

Er musste ausreisen.
Hätte man ihm das Asylrecht gewähren müssen?
Ich weiß es nicht.
Er hat mir viele Briefe geschrieben.

# Zurück aus der Verbannung

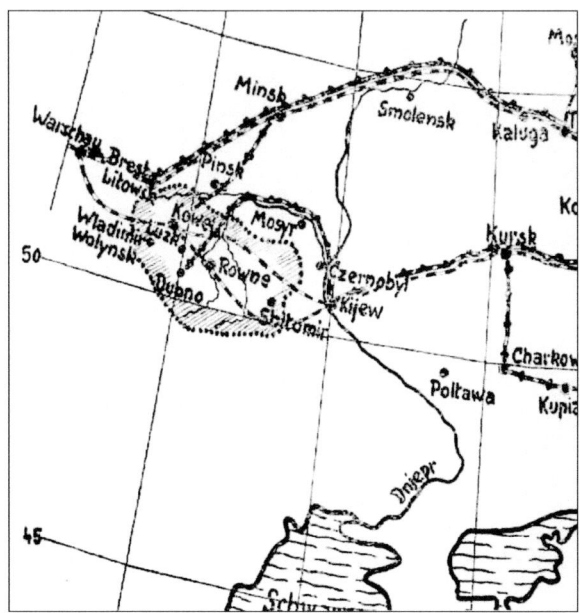

*Lageplan Wolynien: Heimat des Anton K.*

Anton K., geboren 1924 in Lindenthal bei Schitomir/ Kjew (Ukraine), westlich des Dnjepr.

In seiner Heimat dort hatte es viele Deutsche gegeben, oft »rein deutsche« Dörfer. Anton K. hatte beim Bundesamt seine Anerkennung als »Deutscher«, also auch die Erteilung eines Reisepasses der BRD beantragt. Er hatte keine »Papiere«: Geburtsurkunden, Heiratsurkunden der Familie. Eidesstattliche Erklärungen konnten da unter engen Voraussetzungen weiterhelfen. In diesem Anerkennungsverfahren sollte ich ihn vertreten.

Dazu musste ich seine Geschichte kennen.

Seine Familie hatte u.a. 1915 die Verbannung, 1928–1930 die Zwangskollektivierung, 1939 die »Übersiedlung« – besser die Verschleppung in Folge des Hitler-Stalin-Paktes erlebt. Bis 1934 gab es keine Russen im Dorf. Und dann berichtete er weiter:

»*Bis 1934 bin ich zur Schule gegangen, vier Jahre. Deutsche wurden ausgesiedelt; Russen wurden angesiedelt ... 1937 haben sie die Mutti weggeholt ... Vater hatten sie ja vorher abgeholt. Ich habe ihn nie wieder gesehen. Es waren auch Russen da, die verschleppt waren ... Am 15. November 1937 kamen sie mit zwei Mann, Russen, gegen Mitternacht ... und haben gesagt: ›Pass! – Zieh Dich an!‹ und haben Vater mitgenommen – bis zum heutigen Tag ... als der Krieg begann. Wir kamen in die Kreisstadt ... Dann kamen sie und schwärmten die Leute zusammen ... Nach einem Monat etwa kamen die Deutschen ... Die deutsche Besatzung war bis 1943. Mutter war erst im Lager am Asowschen Meer Ich wohnte (allein) bei einer Deutschen ... Dann kam die Mutti ... und später mit einem Verwundetentransport zurück ›in das Reich‹ ... Anfang 1944 kamen wir nach Litzmannstadt/ Posen ... Dort sind wir auseinandergekommen. Ende 1944 war ich in die Militärausbildung nach Zwickau geraten. Am 9. Mai dann die Gefangenschaft in Brünn/ Prag. Langer Transport nach Saratow/ Wolga. Winter 1945/ 1946 in einen Lager bei Dombark (phonetisch). Ich habe in den Kohlegruben gearbeitet, kam dann nach Wolgoda (?)/ Wolga, wurde verschüttet. Bis 1947 bin ich aus dem Lager geflohen und circa 3500 km meistens zu Fuß. Bin im Mai 1947 in Karakanda gewesen ... Später habe ich dann gehört, dass meine Mutter mit meinen Geschwistern nach H. gekommen war. Ich konnte meine Mutter noch einmal sehen; sie starb wenige Tage später.*«

Es gelang, das Bundesamt Köln zu überzeugen, dass sich die Familie während all der Jahre zu ihrem »Deutschtum« gehalten hatte. Das war Voraussetzung für eine Anerkennung für alle, die keine »Papiere« vorlegen konnten.

Eine Fülle von weiteren Erlebnissen machte das Vorhaben für mich und später für das Bundesamt glaubhaft.

Dem Antrag wurde stattgegeben; Anton erhielt einen deutschen Pass.

Kriegsbedingt zerrissene Familien hatte ich später häufig zu vertreten.

# Gänserupfen

Das war auch eine der Absonderlichkeiten, als ich 1970 von Hamburg kommend in Ahlden angefangen hatte: Die Kollegen baten mich, einmal einen Sprechtag in einer Gastwirtschaft in einem kleinen Ort hier durchzuführen, da der Kollege M. einmal einen auswärtigen Termin wahrzunehmen hatte.

Sprechtag also: Ein ländliches Hotel, »TEPE«. Kollege M. hatte mich kurz eingeführt in die »Sprechtags-Jurisprudenz«. Es seien dort grundehrliche, gerade Menschen. Sie kämen mit kleinen Anliegen in den Nebenraum des Schankraumes. Freitags 16 Uhr bis circa 19 Uhr – und oft länger. Viele Mandanten würden kommen, oft fünfzehn und mehr zu einem Sprechtagstermin. Man wartete eben angenehmer in einem Schankraum als in dem bescheidenen kleinen Wartezimmer der Kanzlei in Ahlden. Nach Ende einer Beratung wurde das Honorar oft bar gegen Quittung vereinnahmt, gegebenenfalls auch als Vorschuss und zur Besicherung des Mandats die Unterlagen erbeten; alles für mich sehr gewöhnungsbedürftig.

So kam ich erstmals vertretungsweise zu dem Sprechtag. Kritische Augen. »Ist das der Neue?«

Neben dem Zugang zum Sprechzimmer aus: der »Knobel-Tisch«. Immer gut besetzt. Man traf sich da, die »Oberen Zehntausend« der kleinen Gemeinde mit circa fünftausend Einwohnern. Ich war allein dort, also ohne Mitarbeiterin.

Die Mandanten wurden einzeln von mir vorgelassen. Die Knobelrunde hatte schnell – nicht von mir! – erfahren, was die Bürger eigentlich wollten, trotz meiner selbstverständlichen Verschwiegenheit als Anwalt und Notar. Wer kam, wurde dort am Tisch eingehend kommentiert:

Scheidung?
Alkohol?
Unfall?

Ein kleiner Diebstahl? »Nein, der will doch hier beim Notar sein Haus verkaufen!«– »Nein, das hat der doch gar nicht nötig. Die haben viel Geld – Verstehst Du das?!« »Nein ... Das verstehe ich auch nicht.«

Ich war berechtigt, als Notar dort zu handeln. Das Notariat hier auf dem Land war ohnehin weit überdurchschnittlich. Dann aber kam sie. Etwa siebzig Jahre alt, klein, vorgebeugt, das Haar in einem grauen Knoten zusammengehalten, wie sie ihn gewiss in den zurückliegenden fünfzig Jahren getragen hatte. Altersblass, schmal. Sie trug eine lange, blaue Kittelschürze. Sie stellte sich vor. »Na, Frau S., was kann ich für Sie tun?«

*Gänserupfen*

»Ja, eigentlich habe ich hier immer mit Herrn Rechtsanwalt M. gesprochen. Er hat alles für unsere Familie gemacht.«

»Ja, wenn Sie nicht mit mir vorlieb nehmen wollen, müssen Sie wohl noch mal wiederkommen.«

»Ja, aber das eilt. Ich muß meiner Mieterin kündigen. Das ist nämlich so: Gestern war ja sehr schönes Wetter. Wir wohnen direkt an der Landesstraße. Da ist viel Verkehr. Es ist fürchterlich: die Abgase der Lkws, der Lärm ... Und dann das: Meine Mieterin, Frau M., schlachtet für die Leute hier Gänse, rupft sie und nimmt sie aus. Sie braucht einen kleinen Nebenverdienst. So schlachtete sie gestern auch. Das wusste ich ja. Wo sie aber die Gänse rupfte, wusste ich erst nicht. So merkte ich erst gar nicht, was los war. Die Fahrer der vorbeifahrenden Lkws hupten in einem fort ...«

Sie senkte den Kopf. Es war ihr sichtlich peinlich, weiter zu berichten.

»Na, da wird man wohl gegen die Fahrer nichts machen können. Oder war sonst noch was?«

Sie nahm offensichtlich ihren ganzen Mut zusammen, als sie fortfuhr:

»Ich wollte wissen, was los war. Da sah ich meine Mieterin. Sie saß direkt an der Straße, auf einem Stuhl mit dem Rücken zu unserem Haus, auf dem Bürgersteig. Neben ihr lagen zwei tote Gänse, auf der anderen Seite ein großer Eimer für die Federn.« –

»Schön ist es ja nicht. Aber wie heißt denn ihre Mieterin?«

»Ach die, das ist doch die Meyersche, Gunda ...«

Für mich überraschend, denn ich kannte Frau G. Meyer aus H. als eine der hiesigen »Originale«: etwa eins sechzig groß, untersetzt, oder besser: dick, mit großem Busen, aber gutmütig-naiv. Das war gewiss nicht immer ganz leicht für Frau B. als Vermieterin.

»Ja, Herr Rechtsanwalt: Sie rupfte ... und die Federn flogen überall hin ... Ja, dann aber ... Sie hatte kein richtiges Kleid an. Es war ihr wohl zu warm geworden. Die Arme waren bloß und so ...so ...« Sie legte ihren Unterarm vor ihren strammen Bauch. »Oben herum war sie ganz nackt. Sie hatte wohl sehr geschwitzt.«

Ich verstand zwar jetzt die Fahrer der Lkws, durfte aber nicht lachen.
　Immerhin musste ich Frau M. eine erste rechtliche Einschätzung für ihr Anliegen geben:
　»Für eine Kündigung wird das wohl nicht gleich reichen, Frau B. Ich werde ihr aber einen deutlichen Brief schreiben.«

Das tat ich auch. Und ich stellte mir noch lange diese herzerfrischende Szene vor.

# Der letzte Wille

Als Notar hatte ich viele Gespräche mit Mandaten über ihre Testamente, also über ihr Sterben zu führen. Zu Beginn meiner Zeit als Notar war es immer schwer, mit den Mandanten über ihren Tod zu sprechen. Es wurde nicht vom Sterben gesprochen, vielmehr davon, »dass ja mal was passieren könnte ...« Gegen Ende der achtziger Jahre änderte sich das jedoch erheblich. Über das notwendige eigene Testament oder die Patientenverfügung zu sprechen, war vielen Bürgern deutlich leichter.

Dass die in aller Regel älteren Mandanten nicht unbedingt aus eigenem Entschluss und allein kamen, war fast immer offenkundig. »Opa, Oma, Tante, Onkel« mussten eben dazu gebracht werden, ein Testament zu machen, das den »Erbschleicher« reicher machen sollte. Die jedoch wollten das durchaus nicht im Sinne derer tun, von denen sie förmlich zum Notar »geschleppt« wurden. In aller Regel – so glaube ich – habe ich das auch erkannt. Wenn »Opa« so zur Seite plierte oder etwas hilflos zu mir sah, war mir klar, dass dieser Verwandte nur an seinen Willen und nicht an den von »Opa« dachte.

So wurde ich einmal wieder zur Intensivstation des Krankenhauses S. gerufen. Ich solle gleich an das Bett der Frau S. treten. Sie wolle unbedingt ihr Testament machen. Als Notar bin ich gehalten, sofort zu handeln.

Ich trat ein. Ich erkannte Frau S., eine alte Mandantin. Um das Bett standen etwa acht Familienmitglieder. »Oma« lag auf dem Rücken, den Mund geöffnet, die Zähne bereits herausgenommen. Sie röchelte, die Augen geschlossen. »Oma, du wolltest doch was schreiben lassen von Herrn Lueken. Er ist extra wegen dir gekommen.«

Ich musste zunächst prüfen, ob »Oma« noch testierfähig war. Ich bat die »besorgte« Familie, vor der Tür zu warten. Alle verließen den Raum, einige ganz besonders grimmig. Sie konnten dem Notar nun nicht mehr sagen, was »Oma wollte ...« Das war ganz offensichtlich die Abteilung der Erbschleicher.«Wir kennen doch schließlich Oma ...« Die »Erbschleicher« gingen auf den Flur.

Oma S. blinzelte rechts ein bisschen. Sie hob den Kopf ein wenig aus dem Kopfkissen. Dann, ganz klar und deutlich: »Sind sie weg, Herr Rechtsanwalt?«

»Ja klar, Frau S.«

»Gut, jetzt kann's losgehen.« Oma S. stützte sich auf ihre Ellenbogen, die Augen völlig klar, listig.

Ich konnte mit Überzeugung die Testierfähigkeit feststellen.

Oma S. wusste sehr genau, wen sie zum Erben bestimmen wollte: keinen der »lieben, treusorgenden« Verwandten aus der Abteilung der Erbschleicher auf dem Flur. Da Oma S. keine Kinder oder Kindeskinder hatte, könne sie – so erläuterte ich ihr – es so machen, wie sie es wollte. Pflichtteilsansprüche ergaben sich hier nicht.

Oma S. lächelte zufrieden – und listig. »Ja, dann machen wir es so ...Geht das so, Herr Lueken?«

»Ja, sicher.« – Ich schrieb und las ihr das Testament vor. »So in Ordnung, Frau S.?«

»Ganz und gar ...« Sie konnte durchaus noch das Testament sehr gut leserlich unterschreiben.

»Holen sie man nun die anderen wieder rein.« Oma S. ließ sich zurückfallen, schloss die Augen, sah mich noch einmal fast schon verschwörerisch an, schloss die Augen ...und röchelte, mit offenem Mund. Ich war mir sicher, dass Oma S. auch jetzt noch alles um sie herum verstand.

Oma S. wusste, wie mit einer solchen erbschleichenden Verwandtschaft umzugehen war.

Vor der Tür dann das übliche: Die Verwandtschaft bedrängte mich: »Herr Rechtsanwalt, was hat Oma denn geschrieben?«

»Das darf ich Ihnen nicht sagen ...«

»Aber, das ist doch unerhört. Wir sind doch die Enkelkinder ...«

Es war gut, dass es eine Verschwiegenheitspflicht des Notars gibt.

Oma verstarb bald.

## Justitia mag kein Blassrosa

*Der Schlips in bester Gesellschaft*

Eintausendfünfhundert Einwohner hatte dieser kleine Ort, der Flecken Ahlden. Er wird immer verbunden sein mit der »Prinzessin von Ahlden«, geschiedene Gemahlin Georgs des Ersten – und für mich – mit meiner Verfassungsbeschwerde BVR 280/71 – Bundesverfassungsgericht Karlsruhe:

Hannoversche Allgemeine Zeitung
*»JUSTITIA mag kein Blassrosa«*

Es kam zu einem denkwürdigen Rechtsstreit beim Amtsgericht Ahlden. Es klagte Frau N., klein, zäh und 78 Jahre alt, gegen ihren Neffen, circa 35 Jahre alt. Sie war zwanzig Jahre etwa zur See gefahren, kannte, wie sie immer wiederholte, jede Hafenkaschemme rund um das Mittelmeer, die Küsten der Nordsee und war überhaupt auf vielen »KÜMOS«, also Küstenmotorschiffen weit herumgekommen. Auch der Sohn Gustaf war da, circa sechzig Jahre alt, grob, groß, also ein »Schrank« von einem Manne, mit blauer Cordhose, ausgebeult. Zur weiteren Identifizierung: ein fehlender Ringfinger an der rechten Hand. Ein nervöses Zucken der linken Schulter. Immer wieder zog er dabei mit den Ellenbogen die weite Hose wieder hoch. Sie rutschte wieder. Die Schulter zuckte, er zuckte, die Ellenbogen rutschen hoch. Zähne hatte er noch, einige. Gustav B. und Frau N. hatten sich von S. zu dem vormaligen Schloss Ahlden, wo seinerzeit noch das Amtsgericht eingerichtet war, fahren lassen. Eigentlich gehörte S. nicht zum Amtsgerichtsbezirk Ahlden. Aber es gab doch viele Mandanten, die gerade deshalb nach Ahlden kamen, weil sie meinten, dort mehr Diskretion in ihren Problemen haben zu können als in Walsrode. Dort hätte die Sache zunächst einmal beim Amtsgericht Ahlden verhandelt werden müssen, wie es zunächst aussah.

Ich kannte sie nicht, als die Mitarbeiterin sie »vorließ«. Sie habe einen jungen engagierten Rechtsanwalt gesucht. Da sei ich ihr empfohlen worden. Ich war erst wenige Monate in Ahlden. Ein großer Sprung von Hamburg nach Ahlden. Von hier aus wollte ich nach Abschluss meiner Ausbildung mir Zeit lassen, um eingehend weiter zu suchen. Es gab seiner Zeit für uns eine Vielzahl von Arbeitsplätzen für junge Rechtsanwälte.

Frau M. legte zeternd ein großes Kuvert auf den Tisch: »Alles erlogen und erstunken!«

So war sie durch den Kollegen M. aufgefordert worden, an ihren Neffen ein Schmerzensgeld zu zahlen. »Nie und nimmer«, so wies sie diese Forderung zurück. Sie habe ihrem Neffen, Tischlermeister H. in Walsrode, Geld geliehen. Sie hatte ihm auch ihr kleines Häuschen in Sch. mit großem Garten geschenkt. Ein kleines, bescheidenes Häuschen: acht mal acht Meter große Grundfläche, eingeschossig mit einem kleinen Bodenraum im Obergeschoß. Seit sie sich nach ihrer Seefahrerzeit zur Ruhe gesetzt hatte, hatte sie hier ihren Frieden gefunden. Allerdings nicht immer unbedingt auch mit ihren Nachbarn. Ihr Haus war oft genug ihre Burg: Trutz und Schutz gegen Nachbarn, Polizei und gegen »alle die da oben«. So meinte ich, mir das Haus und das Grundstück einmal ansehen zu müssen. Es war ein einfaches Haus, mit einfachen Gauben, nicht mit einem Hartdach abgedeckt. Das Geld habe in all den Jahren nicht gereicht, um kleinere Reparaturen oder gar Verbesserungen durchführen zu können.

In dem Vertrag, mit dem sie das Haus »ihrem Gustav« übertragen hatte, hatte sie sich das Wohnrecht ausbedungen. Dieses war jedoch im Übergabevertrag nur oberflächlich formuliert: kein ausdrückliches Recht zum Umgang in »ihrem« Garten, kein Platz für ihr Fahrrad. Das sei doch immer wieder besprochen, dies sei alles klar gewesen. Sie war eben davon ausgegangen, dass sich ihr Gustav ihr gegenüber dankbar zeigen werde, sie also so weiter leben lasse, wie sie es bisher gewohnt war. Das brauchte doch nicht alles in den Vertrag aufgenommen zu werden. Aber auch für Gustav sei so manches »klar« gewesen: Frau N. habe ihm ja nun einmal das Grundstück übertragen. Es gehörte ja nun ihm. Er wollte das Grundstück nun einmal nach seiner Vorstellung nutzen. Dazu sollte es »in Schuss gesetzt« werden. »Was? Mein Haus ist etwa nicht in Schuss!?«
»Ich muss das Haus an die Kanalisation anschließen, das Plumpsklo umbauen und so viel anderes noch«.
Nun ging es aber richtig zur Sache. »Das war immer gut so. Das braucht nicht geändert zu werden. Wenn du das tust, kannst du was erleben! Saukerl! Pack!«

Zwanzig Jahre zur See, das bringt auch wertvolle Erfahrungen in handfesten Auseinandersetzungen mit dem »starken« Geschlecht. »Aber ich habe doch den Graben für die Rohre schon fertig.« »Den machst du zu. Und zwar jetzt sofort« »Ich bin doch nicht blöd.« Er stand dicht am Graben und unterschätzte ganz offensichtlich die Tatkraft von Frau N. Zunächst nur heftige Rangeleien. Sie schlug auf ihn mit der vierzackigen Hacke ein. Jetzt der entscheidende Vorstoß: Laut zeternd und fluchend stieß sie ihn in den Graben. Er »war weg!«, wusste Frau N. später mir Stolz zu berichten. Verdreckt sei er wieder aus dem Graben herausgekommen.

Für die dringend notwendigen Arbeiten hatte sie Gustav sogar noch Geld gegeben, dreißigtausend Mark. Frau N. nun: »Das Geld war geliehen. Das krieg ich jetzt zurück! Gustav war dabei, als ich dir das mit dem Leihen gesagt habe. Nicht Gustav!« »Nein, du hast es mir geschenkt.« Wieder Tätlichkeiten hin und her. Er konnte wohl auch ganz gut austeilen. »Jetzt geh' ich nach'n Rechtsanwalt, nach 'n Lükken.«

1.
Das Mandat beginnt.
    Und sie kam zu mir. »Zwanzigtausend Mark Schmerzensgeld, das Geld zurück, ja, und das Haus. Das ist doch wohl klar. Grober Undank!« Sohn Gustaf war mitgekommen, hatte angeblich alles gesehen. Die Nachbarn hatten allerdings nur eines gesehen, nämlich, dass es endlich mal wieder etwas zu sehen gab: »Der war doch wieder einmal »hackevoll« gewesen. Das kam oft vor«, sagten sie übereinstimmend vor dem Landgericht Verden als Zeugen aus. So kam es zu dem denkwürdigen Rechtsstreit beim Landgericht Verden. Dass sie nun das Schmerzensgeld geltend machte, verstand ich zwar noch. Die Rückzahlung der 30.000,00 DM, na ja, da mochte etwas dran sein. Es war schwer genug, ihr die Sache mit der Rückgabe des Hauses auszureden. So stellte ich letztendlich nur meinen Antrag, »den Beklagten zu verurteilen, an die Klägerin das Darlehen von dreißigtausend DM nebst fünf Prozent Zinsen sowie ein angemessenes Schmerzensgeld zur Höhe von mindestens jedoch 1.500,- DM zu zahlen.«

G. beantragte, »die Klage abzuweisen und – widerklagend – die Klägerin zu verurteilen, an den Beklagten und Widerbeklagten ein angemessenes Schmerzensgeld zu zahlen, mindestens jedoch fünftausend Mark«

Bei strahlendem Sommerwetter reiste sie an nach Verden. Das Gericht hatte das persönliche Erscheinen angeordnet. Zu gerne nur kam sie, kampfentschlossen. Ich war überrascht, als ich merkte, dass sie sich im Gebäude des Landgerichtes offensichtlich schon gut auskannte. Es sei das erste Mal, dass sie zum Gericht müsse, hatte sie mir beteuert. Davon war ich nun nicht mehr so überzeugt.

2.
Die mündliche Verhandlung.
Nun die mündliche Verhandlung vor der dritten Zivilkammer beim Landgericht Verden, Johanniswall, am 11. Juni 1971 im Saal 107. Die Sache wurde zur Verhandlung aufgerufen.
Der vorsitzende Richter am Landgericht, Landgerichtsrat S., völlig überraschend: »Herr Rechtsanwalt Lueken, das Gericht stellt zum wiederholten Mal fest, dass Sie nicht in der ordnungsgemäßen Amtstracht der Rechtsanwälte bei Gericht erscheinen. Sind Sie bereit, sich entsprechend der Anordnung des Landes Niedersachen über die Amtstrachten von Gerichtspersonen zu bekleiden und einen weißen Langbinder gegen Ihren weißen mit den blassroten Streifen auszutauschen?«

Erst fiel es mir schwer zu verstehen, was der Vorsitzende überhaupt wollte. Langbinder?

Hier war durch das Gericht nach meiner Auffassung die Grenze zwischen der staatlichen Ordnung – Landgericht – und grundgesetzlich garantierter Rechtspflege durch freie Advokatur / Rechtsanwälte – ohne eindeutige gesetzliche Grundlage zulasten letztlich auch hier der Mandantin als Bürgerin in der freiheitlich demokratischen Grundordnung des Grundgesetzes deutlich überschritten. Dem galt es Einhalt zu gebieten. Ganz als Sohn einer großen Freien und Hansestadt, woher ich stamme und wo ich meine freiheitliche Ausbildung in den '68er-Jahren mit viel Freude auch an unendlich langen hitzigen Diskussionen genossen hatte, war ich geneigt, das schöne Lutherwort »Nein, hier stehe ich und kann nicht anders« von mir zu geben, betrachtete jedoch den Anlass als zu banal für eine derartiges Dictum, zumal dieses Wort später als Legende sich herausstellte:

»Nein, ich halte die Anordnung des Tragens eines weißen Schlipses für rechtswidrig, weil ohne gesetzliche Grundlage.« Sicher zutreffend wäre das Zitat des Studenten Langhans in seinem Verfahren vor dem Landgericht in Berlin gewesen: »Na, wenn's der Wahrheitsfindung dient.« Aber die glorreichen Plätze der '68er-Bewegung lagen ganz sicher nicht in der Bannmeile des Landgerichtes Verden.

Überraschend schnell und offensichtlich gut vorbereitet jedoch parierte der Vorsitzende:

»Das Gericht zieht sich zur Beratung zurück.« Und es rauschten drei Landgerichtsräte aus dem Sitzungssaal. Mit der »Rechtsgrundlage« unter dem Arm zogen sie – wir hatten uns bei solchen szenischen Abläufen selbstverständlich immer zu erheben! – also nach wenigen Minuten wieder auf.

»Herr Rechtsanwalt, verharren Sie auf Ihrem Standpunkt, einen weißen Langbinder nicht tragen zu wollen?« Ich war geneigt, die Kammer zu befragen, ob denn nun der Hahn zum dritten Mal gekräht habe.

In größtem Respekt vor erprobter, eintausendfünfundzwanzigjähriger Justiz in Deutschland beließ ich es jedoch bei einem schlichten »Ja, Herr Vorsitzender.«

Dann der Blick des Vorsitzenden zu seinen Beisitzern, und der historische Satz der Deutschen Justizgeschichte wurde gesprochen:

»Es wird beschlossen und verkündet:

Es wird festgestellt, dass Rechtsanwalt Lueken als Rechtsanwalt vor der Kammer zu seiner Amtstracht ein weißes oder unauffälliges farbiges Hemd mit einem weißen Langbinder zu tragen hat (vgl. § 177 Abs 2 Nr. 2 ›Beschlossen BRAO i. V. m. § 10 Richtlinien für die Ausübung des Rechtsanwaltsberufs, B II Nr. 1 AV des Nieders. Ministers der Justiz vom 6. April 1967 –Nds. Rpfl. 1967, 83‹). Die Kammer hat keine Bedenken, dass die erwähnte Anordnung des Niedersächsischen Ministers der Justiz auch für Rechtsanwälte verbindlich ist. Es wird somit festgestellt, dass die Klägerin nicht ordnungsgemäß vertreten ist. Rechtsanwalt Lueken ist damit nicht befugt, hier Anträge zu stellen. Er ist im Sinne des Prozessrechtes nicht anwesend.

Herr Rechtsanwalt Dr. R.M. (zum Kollegen von der anderen Seite), stellen Sie nunmehr den Antrag auf Erlass eines Versäumnisurteils?« Der war zunächst aus kollegialen Gründen nicht bereit und konnte ebenfalls wie ich den Standpunkt des Gerichtes nicht nachvollziehen.

Ich wollte es jetzt aber wissen. Ich bat nun den Kollegen eindringlich, den Antrag zur Entscheidung durch Versäumnisurteil zu stellen. Er tat's. Der Vorsitzende verkündete – eigentlich er »verkündigte« – das Versäumnisurteil:

»Die Klage wird abgewiesen und die Klägerin entsprechend dem Antrag des Beklagten zur Zahlung von 1.500 DM verurteilt. Sie hat die Kosten des Rechtsstreites zu tragen. Die Sitzung ist geschlossen.«

Die noch im Gerichtssaal anwesenden weiteren Kollegen waren empört, amüsiert und zunächst einmal sprachlos.

3.
Das Bundesverfassungsgericht wird angerufen.
So kam ich in die Kanzlei zurück, berichtete. Der Kollege M. wies darauf hin, dass wir zwar einerseits selbstverständlich Einspruch gegen das Versäumnisurteil einlegen müssten. Das verursache zwar Kosten. Damit sei eine wesentliche Voraussetzung für die Zulässigkeit einer Verfassungsbeschwerde geschaffen, die sogenannten »Beschwer«. Wir überlegten noch, ob ein »Friedensgespräch« versucht werden sollte. Unser Seniorkollege versuchte, uns zu bewegen, dieses zu tun. Herr Kollege M. und ich wurden uns jedoch schnell einig, diese so bedeutsame Rechtsfrage auf die goldene Waage des Bundesverfassungsgerichtes legen zu müssen, da das Landgericht ohne ausreichende gesetzliche Grundlage entschieden und deshalb in Rechte der Anwälte – und damit der Bürger! – eingegriffen hatte.

Am 22.6.1971 machte ich, vertreten durch den Kollegen M. beim Bundesverfassungsgericht in Karlsruhe die Verfassungsbeschwerde anhängig mit dem Antrag, »den Beschluss des Landgerichts vom 11. Juni 1971 aufzuheben«.

Sie bekam am 26. Juli 1971 ein Aktenzeichen: BvR 280 / .71 Mit Verfügung vom 14. September 1971 wurde uns aufgegeben, die Verfassungsbeschwerde 30-fach zu übersenden. Wir hatten seiner Zeit noch keinen Kopierer oder gar Schreibsysteme. Es musste immer wieder abgeschrieben werden.

Der Präsident des Bundesverfassungsgerichtes am 22.11.71 weiter:
»Die Verfassungsbeschwerde habe ich dem Bundestag, dem Bundesrat sowie allen Landesregierungen zur Stellungnahme übersandt ...« Wichtig weiter am 19. Januar 1972: »Sie werden

davon unterrichtet, dass der Präsident des Bundesverfassungsgerichtes dem Bundesjustizministerium Fristverlängerung ... gewährt hat. Auf Anordnung ... (Paraphe)Regierungsamtmann«.

Am 14. Januar 1972 gab der Niedersächsische Ministerpräsident – Staatskanzlei – die zwölfseitige Stellungnahme ab. Der Präsident der Bundesrechtsanwaltskammer sprang mir argumentativ bei und stellte fest, dass die angebliche »Übung«, einen derartigen Langbinder zu tragen, keineswegs überall in Niedersachsen festzustellen sei. Der Bundesminister der Justiz bejahte auf der zehnten Seite seiner Stellungnahme vom 26.4.1972 das Rechtsschutzbedürfnis und sah den Beschluss als ungenügend begründet an.

»Der Staatsbürger habe nach rechtsstaatlichen Grundsätzen ein Recht darauf, die Gründe für einen Eingriff in seine Rechte zu erfahren. Daran fehlte es in dem beanstandeten Beschluss.«

Und dann der Anruf in der kleinen Provinzkanzlei in Ahlden/Aller: »Herr Lueken, ein Anruf aus Karlsruhe. Den Namen habe ich nicht genau verstanden.« »Aber Nicole, Sie sollen doch immer deutlich nach dem Namen des Anrufer fragen. Gut, stellen Sie durch.«

»Ja, hier ist Recht Lueken.«
»Guten Tag, Herr RA Lueken, in der Sache Ihrer Verfassungsbeschwerde wünscht der Berichterstatter Dr. Simon Sie zu sprechen.«

Das fuhr mir in die Glieder: mich, den kleinen Provinzanwalt aus Ahlden, ein Bundesverfassungsrichter! Wollte er mit mir in ein verfassungsrechtliches Colloquium eintreten? Dafür war ich sicher ohne weitere Vorbereitung nicht gerüstet. Die Ehrfurcht hätte mir den Mund verschlossen und gewiss auch eine Denkblockade verursacht: so aus dem Stand ein Rigorosum!

Dann aber eine unendlich freundliche Stimme:
»Ja, hier Dr. Simon. Ich möchte mir von Ihnen, Herr Rechtsanwalt, – völlig außerhalb des Verfahrens sozusagen – einfach einmal bestätigen lassen, dass das Tragen eines Schlipses bei Ihren Gerichten zu einem Problem werden kann. Ist das dort bei dem Landgericht Verden ein Einzelfall? Kann solch eine Frage« – er sagte nicht »Problem« – »bei dem Landgericht nicht durch ein persönliches Gespräch geklärt werden?«

Wie recht er doch hatte! Ich erklärte Herrn Dr. Simon etwas über justizkulturellen Unterschied zwischen den Gerichten in einer Freien und Hansestadt und einem Gericht in der tiefsten niedersächsischen Provinz. Den Eindruck habe auch er gewonnen. Er wünsche mir weiterhin in meinem Beruf alles Gute.

Mit unendlich stolzgeschwellter Brust berichtete ich dem Kollegen Mestwerdt von dem Anruf. Unsere Vorstellung über einen Erfolg der Verfassungsbeschwerde erhöhte sich, als die Anfrage durch den Richter Dr. Simon gleichwohl an uns am 8. Mai 1972 gerichtet wurde, »wie die gegenüber dem Beschwerdeführer gerichtete Anordnung rechtlich zu qualifizieren ist.«

Diese Anfrage konnte doch nur so verstanden werden, dass bei entsprechender Beurteilung die Beschwerde erfolgreich sein müsse. Ich übersah allerdings die Möglichkeit, dass uns der Herr Präsident den freundlichen Hinweis geben wollte, dass eine rechtliche Überprüfung doch ergeben kann, dass die Beschwerde eben verfassungsrechtlich erfolglos sein müsse. Die rechtliche Überprüfung nahmen mein Kollege Mestwerdt und ich ergänzend am 5.9.72 vor, wiederum in dreißig Stücken.

4.
Die Entscheidung.
Es kam Post, mit Zustellungsurkunde, vom Bundesverfassungsgericht. Mit Prägesiegel, Bundesadler, Durchmesser: 85 mm, allein das schon ein Erfolg – aber:

»*IM NAMEN DES VOLKES.*

*In dem Verfahren über die Verfassungsbeschwerde des Rechtsanwalts Hans – Jürgen Lueken, Ahlden / Aller, hat das Bundesverfassungsgericht – Erster Senat – unter Mitwirkung*

| | |
|---|---|
| *des Präsidenten* | *Benda* |
| *und der Richter* | *Ritterspach,* |
| | *Dr. Haager,* |
| | *Dr. Böhmer,* |

Dr. Faller,
Dr. Brox,
Dr. Simon
am 7. November 1972 gem. § 93a Abs. 4 BVerfGG beschlossen:

*Die Verfassungsbeschwerde wird nicht zur Entscheidung angenommen.«*

*Die Frage, ob ein Rechtsanwalt zum Tragen einer Amtstracht verpflichtet ist, ist verfassungsrechtlich geklärt. Die Verpflichtung zum Tragen eines Langbinders ist im standesrechtlichen Verfahren zu klären ... Er kann etwaige künftige Maßnahmen des Gerichtes ohne unzumutbare Belastung durch Tragen eines weißen Langbinders abwenden.*

Gez. Benda
u.v.a.m ...« (Siegel BVG)

5.
Reaktionen und Folgen der Entscheidung.
Die Entscheidung und insbesondere die Stellungnahmen der Staatskanzlei, der Ministerien (Bundesministerium der Justiz) und der Bundesrechtsanwaltskammer wurden auch dem Landgericht Verden mitgeteilt. Ein standesrechtliches Verfahren wurde im Hinblick auf die Rechtsauffassung der Bundesrechtsanwaltskammer nicht eingeleitet.
  Immerhin hatte damit das Bundesverfassungsgericht festgestellt, dass das Landgericht mit der gewählten Begründung nicht hätte entscheiden dürfen.

Die Reaktionen:
  Es meldete sich Anfang 1973 eine »Aktionsgemeinschaft der Deutschen Rechtsanwälte«:
  »Durch Zufall erfuhr ich, dass Sie der Kollege sind, ... den ein Richter nicht vor Gericht auftreten lassen wollte, wegen der ihm nicht gefallenen Farbe Ihres Schlipses. Die Bezopftheit der dortigen Justiz ist ja unglaublich. Bei uns in Baden-Württemberg besteht man zwar auf der Robe, aber nicht mehr auf den weißen Binder ...«

Circa 50 weitere Seiten von betroffenen Kollegen stellten mein angeschlagenes Selbstbewusstsein wieder her. Stellungnahmen, die unter anderem schlossen: »IN DUBIO PRO LIBERTATE« und »PRO DIGNITATE«.

Die HAZ am 17. März 1975 titelte: »Justitia mag kein Blassrosa« – Einem Schreiben eines Kollegen an die Rechtsanwaltskammer, dem eine Zeichnung beigefügt worden war: die Dame Justitia, in der einen Hand eine Schere, in der anderen mehrere modische Krawatten.

*»Es muß jetzt jeden Tag damit gerechnet werden, dass ein Richter, durchdrungen von seinem hohen Amt, Rechtsanwälten Mores lehrt, indem er ihnen zügig, jedoch unter Wahrung würdiger Umgangsformen die bunte Krawatte abschneidet.«*

Nie wieder hat mir, wenn ich einmal mit nicht-weißer Krawatte beim Landgericht auftrat, ein Richter die Farbe des Langbinders beanstandet.

Der Rechtsstreit beim Landgericht Verden 3 O 62/ 71 konnte nun nach Klärung dieser bedeutenden verfassungsrechtlichen Vorfrage fortgesetzt werden.

Diese Klärung nahm – wohl wegen der „Bedeutung" – fast 42 Jahre in Anspruch; zum ersten August dieses Jahres wurde die Krawattenpflicht de facto aufgehoben, zunächst nur in Baden - Württemberg. Das „langsame Sterben der Krawatte vor Gericht" – so die Bundesrechtsanwaltskammer – sie begleitete mich während meiner gesamten Berufszeit.

Meine Mandantin Frau M. war allerdings längst verstorben, empfindet aber wohl auf ihrer Wolke im Himmel gewiss eine tiefe Befriedigung über das Ende der Krawattenpflicht.

# Die Notarurkunde

Wenn ich an meine Notartätigkeit denke, sind auch die Gespräche, die bei dieser Gelegenheit nicht »zur Sacherörterung« geführt wurden, insbesondere Begegnungen mit Bürgern, oft für die Erinnerung an das »Klima« solcher Begegnungen mit den Bürgern zuweilen einfach witzig und liebenswert.

Man hatte mich zur Beurkundung eines Vertrages nach D. gebeten, da eine Mehrzahl von Bürgern beteiligt war, eine Mehrfachbeurkundung. Wenn alle Vertragsbeteiligten zustimmen, ist das zulässig. In dem Dorf gab es keinen Versammlungsraum im Rathaus. »Nein, im Sportlerheim werden Sie beurkunden müssen. Anders geht das ja hier leider nicht.« Das wusste ich. »Werden Sie, Herr Lueken, das Sportlerheim finden?« »Aber Herr BM, ich bin 35 Jahre Notar in dieser Gegend!« Seine seltsam bange Frage: »Werden Sie denn pünktlich sein?« konnte ich jedoch mit guter Sicherheit bejahen, sie hätte mich aber schon hellwach machen müssen.

Ich kam auch leidlich pünktlich an. Ich war überrascht. Dort sah ich eigentlich nicht erst das Gebäude, sondern viele aufgeregte Menschen: Feuerwehr, Johanniter-Unfallhilfe. Ich glaubte zunächst an einen Unfall im Sportlerheim.

Ich war überrascht, den Bürgermeister sehr aufgeregt zu finden. Er war ein schwergewichtiger Hüne, gutmütig, aber eben jetzt sichtlich in heller Aufregung.

»Schnell, schnell, Herr Lueken. Wir haben nicht viel Zeit.«

Die Beurkundung war ja banal und unproblematisch. Man hatte uns in einem kleinen Nebenraum einen Tisch freigeräumt. Die Vertragsparteien waren schon an ihren Plätzen. Aber auch sie: fröhlich aufgeregt.

Meine Mitarbeiterin, Birgit B., meine Notardezernentin, auf meine Frage: »Na, hat der Bürgermeister es Ihnen denn nicht gesagt?« Nein, hatte er nicht.

Sie schob mich durch die Menge der Wartenden in den Festsaal. »Na, Herr Lueken, sehen Sie: unser Bürgermeister boxt.« Ich habe zwar Fantasie und eine gewisse Erfahrung in der Geschichte des Notariats hier. »Birgit, warum haben Sie mir nicht gesagt, dass ich einen Boxkampf beurkunden soll!«

Im Festsaal war ein Boxring aufgebaut, ein Podest, 4 mal 4 Meter, ein Ringrichter – schwarze Hose, blütenweißes Hemd, schwarze Fliege – gab letzte Anweisungen.

RADIO ANTENNE hatte sich angesagt.

Der Berichterstatter von RADIO ANTENNE kam mit dem Publikum ins Gespräch. Endlich verstand ich. Ich hatte von vergleichbaren Aktionen von RADIO ANTENNE gehört. Die sehr quirlige Gemeinde D. hatte aufgrund eines Anrufes des Senders am Freitagmorgen zugesagt, innerhalb von 24 Stunden einen Boxkampf zu organisieren mit Ring auf dem Podest, Vorkämpfen und dann der Kampf des Bürgermeisters gegen einen Reporter von RADIO ANTENNE.

Viele witzige Situationen hatte ich bei meinen Notargeschäften schon erlebt. Aber dass dieser gewiss nicht sportlich durchtrainierter Zweimetermann, der Bürgermeister, boxte, das war neu für mich. Ich war mir auch ziemlich sicher, dass die §16 Abs. 1 Notarordnung als »tatsächlichem Vorgang« zum einen keine besondere Form zur Protokollierung eines Boxkampfes vorschrieb und zum anderen aber die Abrechnung meiner Notarkosten wohl schwierig werden dürfte. Das war auch die Sorge von Birgit B., die diese Kostenrechnung zu verfassen hatte.

Jetzt: Der Gong zur ersten Runde.

Die Menge schrie, der Reporter von RADIO ANTENNE schrie förmlich in sein Mikrophon, und der Bürgermeister lief auf: blaue Boxerschuhe, blaue glänzende Boxerhosen, blauer Kopfschutz. Nichts in schwarz, hätte eigentlich bei einem CDU-Bürgermeister sein müssen. Der Reporter von RADIO ANTENNE, gegenüber dem schwergewichtigen Bürgermeister »eh'n lütten Spaddelbüx«, wie man in »Hamborg secht«.

*Der Fight*

Der Fight war also doch regelwidrig: Der Bürgermeister war sicher ein Boxer im Schwergewicht, der Fighter von RADIO ANTENNE sollte besser im Federgewicht geboxt haben.

Das übliche Tänzeln eines Boxers im Fight war nicht die Art des Bürgermeisters. Er hielt sich seinen Gegner dadurch vom Leib, dass er seinen kräftigen rechten Arm in Richtung Gegner streckte. So kam der einfach nicht heran. Das reichte für die Abwehr.

Aber immerhin, die beiden fighteten ganz offensichtlich bis zur Erschöpfung.

Ein Bild für die Götter.

Der Gegner versuchte immer wieder, dicht genug heranzukommen, unter dem Arm hindurch zu tauchen. Ohne Erfolg – aber unendlich komisch.

Bürgermeister B. bewies Standfestigkeit.

Das Publikum ging mit. Die schwere bürgermeisterliche Rechte schoss in Richtung Gegner.

Aber wo war er denn? Er war – eben ein Federgewicht – längst abgetaucht. Das Federgewicht versuchte, mit einem Schlag von unten an den Bürgermeister heranzukommen. Ohne Erfolg.

Der Gong brachte die erste Runde zu Ende. »Bravo Bürgermeister!« – »Schiebung!« – »Verkloppt den Referee.« Erhebliche Unruhe im Saal. Ich glaubte, dass sich das hier in eine schöne Dorfschlägerei entwickelte. Ich stellte mich mit dem Rücken zur Wand. Notare sind eben kraft Amtes sozusagen vorsichtig.

Musste ich all diese Abläufe und Bekundungen der Beteiligten protokollieren? Ich entschied mich für eine zunächst eingeschränktere Form der Beurkundung.

Zwei weiteren Runden aber hatte das politische Schwergewicht noch durchzustehen.

Dann der rettende Gong. Der Referee riss die Arme des Schwergewichts hoch.

Ein Sieg des Bürgermeisters nach Punkten.

Der breite Gürtel wurde dem Sieger angelegt.

Die Menge tobte, johlte.

Ich hatte mein Protokoll formgerecht vorbereitet.

Das Interesse der Öffentlichkeit an der »Veranstaltung« war groß und »werbewirksam«.

Bedauerlicherweise konnte an dem Gebäude der Schützenhalle unser Büroschild nicht angebracht werden. Das wollten auch die Kollegen nicht. Sie hatten Recht.

# Ein Verkehrsunfall am Wieheholz

Zu verhandeln war im Jahr 1975 im AG Walsrode eine Strafsache gegen vier – wie man damals sagte – Gastarbeiter wegen des Vorwurfes einer fahrlässig begangenen Körperverletzung bei einem »Verkehrsunfall« am »Wieheholz«, einem Parkplatz neben der B 30.

Ein Pkw-Mercedes war mit fünf Insassen, spanische Gastarbeiter, von einem Parkplatz auf die Straße gerollt. Ein anderes Fahrzeug war nicht mehr zum Halten gekommen und rammte den Mercedes linksseitig.

Ich vertrat einen der spanischen Gastarbeiter, Manuel B. Die anderen drei Angeklagten waren nicht vertreten. »Das machen Sie – so die Angeklagten – für uns schon mit.«

Der Amtsgerichtsrat P., ein älterer erfahrener Richter, eröffnete die mündliche Verhandlung und stellte die Personalien der Angeklagten: »Name, Alter, Beruf?« Manuel und seine drei Kollegen machten pflichtgemäß ihre Angaben.

»Und Sie sind die Zeugin Aysa?«
Aysa fragte vorsorglich noch einmal nach: »Mein richtiger Name oder der, den ich bei 'e Arbeit trage?«
»Na, denn man lieber den richtigen Namen«, schmunzelte der Richter nachsichtig.
»Ja der, der ist Sieglinde Helberg.« Als Zeugin hatte sie den Sitzungssaal zunächst zu verlassen.

So konnte nun der Staatsanwalt die Anklage verlesen:

> *»Die vier Angeklagten, spanischen Gastarbeiter Manuel, Philipe, Eduardo und Raffael werden angeklagt, die körperliche Unversehrtheit der Zeugin Aysa dadurch verletzt zu haben,*

*dass sie mit dem PKW SFA ..., nicht vorfahrtberechtigt, auf die Bundesstraße auffuhren, wo sie mit dem PKW NI ... kollidierten und unter anderem die Aysa J. verletzten, somit ihre körperliche Unversehrtheit beeinträchtigten.«*

Ich wandte sofort ein, dass ja wohl kaum vier Fahrer gemeinschaftlich ein Fahrzeug geführt und dabei den Unfall herbeigeführt haben konnten.
Ein gut wurschtiger Richter weiß mit solchen Argumenten fertig zu werden: man überhört sie schlechthin.
So kam Richter B. zur Sache.
»Herr Verteidiger, das werden wir hier wohl aufklären müssen.«
Und weiter zu den vier »Musketieren«:
»Also, meine Herren Angeklagten, nun zu Ihnen. Der Staatsanwalt wirft Ihnen vor, einen Unfall gemacht zu haben. Es hat eine Verletzte gegeben. Sie sind hier alle vier wegen einer Körperverletzung angeklagt. Dazu müssen Sie nichts sagen. Aber wenn, dann muss es auch die Wahrheit sein. Haben Sie das verstanden?«
»Si, Segnor Presidente.«
Ich hatte mit Manuel B. vereinbart, dass er aussagt. Immerhin war eine Zeugin, die verletzte Aysa J., da. Da wusste ich nicht, wieweit ihre Auffassung zur Verschwiegenheit einer Prostituierten über ihre Freier reichte. Ein Zeugnisverweigerungsrecht konnte sie als »Kurzzeitverlobte« deswegen nicht haben.
»Also,« – jetzt weiter der vorsitzende Richter – »wie war das damals? Immer schön der Reihe nach. Fangen wir mal mit Manuel B. an: Sie sind schon lange in Deutschland, Herr B.?«
»Si, Segnor«
»Ja, und weiter?! Woher kannten Sie denn die Zeugin?«
»Na ja, Presidente, von der Straße«
»Ja, und weiter?«
»Wir vier waren im Mercedes von Eduardo C. Wir wollten nach Fallingbostel zum Parkplatz Wieheholz. Da ist immer Aysa. Da gehen wir Spanier immer hin. Wir keine Familie in Deutschland. Aysa ist immer gut, auch für Ausländer. Nicht zu teuer.«
Der Vorsitzende: »Sie waren zu viert im Auto – und mit Aysa. Also letztlich zu fünft. Stimmt das?«
»Si, Segnor Presidente, war viel Regen und ist ja Mercedes.«
»Also, da habt Ihr Euch zu viert vergnügt mit Aysa. Kaum

zu glauben.« Und dann schon fast breit grinsend: »Ganz schön gedrängelt. Na, das gehört ja wohl dazu. Stand denn das Auto dort am Wieheholz, neben der Straße?«

»Si, Segnor Presidente.«

»Aber: wie kam es dann zu dem Unfall auf der Straße? Wer saß denn am Steuer? Sie, Herr G.?«

»Nein, keiner richtig. Wir waren alle an Steuer und an Bremse. Ich von hinten mit den Füssen. Raffael war mit Kopf an Steuer. Philipe? – Weiß nicht. Aber das war ja Chaos, caramba!« –

»Na sehen Sie, Herr Staatsanwalt, hier erlebt man immer was! Aber die Täterschaft unter diesen Voraussetzungen festzustellen, wird schwer sein. Und ohne Täter keine Tat. Das ist auch bei mir so, Herr Staatsanwalt«.

Zu mir dann gewandt, schmunzelnd:

»Na klar, Herr Rechtsanwalt Lueken. Sie werden diesen Punkt des Tatbeitrages jedes einzelnen Angeklagten ja wohl sehr intensiv erfragt haben. Also: Wer hat denn nun das Fahrzeug geführt? Schließlich kann nur einer die Bremse gelöst haben, so dass das Auto auf die Straße gerollt ist? Kaum zu glauben!«

»Na, Herr Vorsitzender, ich muss ja nun wirklich hier nichts aufklären. Das machen Sie ja sicher bestens zusammen mit dem Herrn Staatsanwalt!«

So versuchte es der Amtsrichter P. noch einmal. »Aber: wer war's denn nun?« – Schweigen – »Na gut. Das wird uns wohl die Zeugin mal erzählen. – Wachtmeister, rufen Sie die Zeugin Aysa J. auf!«

In professioneller Kriegsbemalung, knapp angezogen, erschien Aysa: schwarzes Haar, tief dekolletiert, knallrot geschminkt, schweres Parfum. Es war nun das richtige Klima, ein Geruch von Verworfenheit im Saal.

Aysa genoss ihren Auftritt.

»So, Zeugin, wie war das denn eigentlich bei dem Unfall am Wieheholz, ihrem Arbeitsplatz sozusagen?«

»Na, wie soll's schon gewesen sein! Ich saß in meinem Auto. Dann kam der Mercedes. Der kommt immer mit den Spaniern. Ich bekam erst die fünfzig Mark von jedem, steckte es weg hinter meinen BH und bin dann in den Mercedes umgestiegen. In meinem Auto spielt sich nämlich nie was ab!« Und weiter dann überzeugend: »Das Ausziehen war schon kompliziert. Die Sitze konnten nicht ganz runter gemacht werden. Ich ging an die Arbeit. Sie grabschten an mir rum. Aber ich habe ihnen geholfen. Sie sollten ihren Spaß haben. Sonst kommen sie nicht wieder.«

»Ja und, konnten Sie denn nicht merken, dass der Mercedes sich in Bewegung setzte?« »Nö, die Fenster waren ja ganz beschlagen. Das Auto hat auch geschaukelt.«

Das überzeugte den Richter P. »Ja aber: wer hat denn die Bremsen los gemacht, Frau Zeugin? Sie selbst?«

»Nö. Ich saß doch hinten ... jedenfalls zum Teil«.

Aysa sah offensichtlich keinen Sinn darin, einen der vier, ihre »Kunden«, zu belasten.

Der Richter wandte sich noch einmal an die vier Angeklagten: »Also meine Herren, nun man raus mit der Sprache. Wer hat das Auto auf die Straße gelenkt?«

Die vier spanischen Granden schwiegen ... Das war ihr gutes Recht und von mir empfohlen.

Der Richter versuchte es noch mal mit der Zeugin: »Und Frau Zeugin, was war dann?«

»Ich hatte ja nichts gesehen. Dann knallte es. Wir fielen durcheinander. Ich blutete und musste zum Arzt.«

Die weiteren Zeugen, die den Unfall aufnehmenden Polizeibeamten, versicherten nur, dass auch dann, als sie beim Mercedes ankamen, ein fürchterliches Durcheinander herrschte.

Da ließen sich keine Täter mehr feststellen. So der Vorsitzende zu Staatsanwalt: »Ja, Herr Staatsanwalt: Was nun? Haben Sie noch andere Zeugen, die durch die beschlagenen Scheiben den klaren Durchblick damals hatten? Ich habe ihn bisher noch nicht. Wer hat denn das Auto geführt? Nur der kann ja bestraft werden! Also, weitere Zeugen?«

»Nein, Herr Vorsitzender.«

»Na, dann die Anträge, meine Herren.«

Der Staatsanwalt, dann doch pflichtgemäß und möglicherweise gegen seine Überzeugung: »... beantrage ich, den Angeklagten M. zu einer Geldstrafe von 20 Tagessätzen à 14 Mark und in die Kosten des Verfahrens zu verurteilen.«

Es war leicht für mich: »Ich beantrage, den Angeklagten freizusprechen. Die Verletzte mag bei dem Unfall zu Schaden gekommen sein. Aber der Täter war eben nicht feststellbar«.
Das sah der Vorsitzende genauso. Er fasste sich in der ihn kennzeichnenden Art:
»Ja, Herr Staatsanwalt. Das reicht eben nicht. Ich spreche frei. Die Kosten des Verfahrens und die notwendigen Auslagen des Angeklagten hat die Landeskasse zu tragen.«
Verstanden hatten die Grandes nichts – aber: o.k., das war häufig so.

Acht Monate später wurde auf dem Parkplatz Wieheholz« an der Bundesstraße 30 die Prostituierte Aysa J. erdrosselt. Der Täter wurde nicht ermittelt.
Ein Zusammenhang mit dem bemerkenswerten vorangegangenen Strafverfahren ließ sich sicher nicht feststellen.

# Ein Richter geht in Deckung

Es war uns, den Anwälten, verständlich, dass nach 50 Jahren Unrechtsstaat unmittelbar nach der »Wende« nicht entfernt hinreichend Richter, Staatsanwälte aber auch Anwälte in den Neuen Bundesländern vorhanden waren, um eine rechtsstaatliche Justiz rasch aufzubauen. Es fehlte da auch in der Regel keineswegs am Vorsatz, hier neu zu gestalten. Aber rasch merkten wir, dass es für die neuen Kollegen schwer sein sollte, sich in dem Recht der BRD zurechtzufinden und mit diesem Recht zu arbeiten.

Es kamen nach der »Grenzöffnung« aufgrund von Hinweisen der westdeutschen Standesvertretungen die ersten, meist jungen Kollegen, um zunächst Handwerkszeug, also Gesetzessammlungen und Kommentare zu erbitten. Die »Trabbis« der ersten Stunde waren hier im AG Bezirk Walsrode durchaus häufiger anzutreffen. Die ersten Fachgespräche, später auch Seminare und andere Fortbildungsmaßnahmen kamen ebenfalls zustande.

Die Fachgespräche unterschieden sich deutlich von denen, die ich beim Bezirksgericht Potsdam Ende der siebziger Jahre zu führen versucht hatte. Seiner Zeit hatte mich ein Richter, den ich befragt hatte, ob Verhandlungen durchschnittlicher Art (Mietstreitigkeiten, Familiensachen) öffentlich verhandelt würden. »Ja, selbstverständlich!« – »Ja gut, der Mitarbeiter hier am Eingang hatte mich darüber belehrt, dass ich Ihre Zustimmung benötige, um der Verhandlung beizuwohnen.« – »Ja, anwesende westdeutsche Rechtsanwälte haben wir ja noch nie gehabt. Da muss ich erst einmal telefonieren.« Mir war klar, dass man mich nicht in die mündliche Verhandlung lassen würde. Ein weiterer Kollege wurde hinzugezogen. Die beiden waren offensichtlich völlig ratlos. Immerhin befand sich seiner Zeit noch ein riesenhafter Stasi-Komplex in unmittelbarer Nähe des Gerichtes. Es kam, was kommen musste: »Nein!« Mein Onkel, Pfarrer in Potsdam, bei dem ich häufiger wohnte, hatte mich gebeten, es auf keinen Fall zu einem Streit kommen zu lassen. Daran wollte ich mich, um ihn und seine Familie nicht zu gefährden, in jedem Fall halten. Ich hätte gern mit den offensichtlichen »Betonköpfen« lebhaft gestritten.

Jetzt mussten diese Betonköpfe nach der Wende »entnazifiziert«, oder richtiger wohl, umerzogen werden. Die Richter mussten erst lernen, wie mit den rechtsuchenden Bürgern rechtsstaatlich umzugehen war. Das war offensichtlich schwer für diese Kollegen. Und dauerte lange.

Ich hatte für einen Bürger aus Bellin beim Arbeitsgericht Stralsund in Ueckermünde/Anklam Klage zu erheben, (Klagen: Ueckermünde: 29.6.92), der Verhandlungstermin wurde auf den 21.12.1992 anberaumt. Als ich nach circa 3 1/2 Stunden Autofahrt in Anklam vor dem Sitzungssaal angekommen war, befand sich dort der Hinweis: »Wegen der Erkrankung des Abteilungsrichters wird der Termin aufgehoben«. Der Richter war angeblich seit dem 17.12.92 dienstunfähig erkrankt.

Dieses hätte somit mühelos noch rechtzeitig vor dem Termin mir mitgeteilt werden können. Ich vermutete zu Recht ein »Bubenstück eines unlustigen Richters«. Also ging ich direkt zum Dienstzimmer des Richters und trat ein, wo ein völlig erschrockener Richter mich noch anweisen wollte, dass ich nicht berechtigt war, ihn in dieser Weise ohne schriftliche Ladung aufzusuchen.

Da platzte mir der Kragen: »Für Sie und mit Ihnen wird ein intakte Justiz sobald nicht möglich werden.«

Und ich reiste die circa 320 Kilometer wieder zurück, machte dann Schadensersatzansprüche gegen das Land Mecklenburg-Vorpommern als Dienstherr geltend, die ausgeglichen wurden.

Die Direktorin des Arbeitsgerichtes Stralsund am 10.Mai 1993 in einem persönlichen Schreiben an mich: »… bitte ich um Entschuldigung für diesen Vorfall … Allerdings ist der für den Gerichtstag Ueckermünde zuständige Kollege inzwischen versetzt worden …«

# Das Türkenpfand

## oder: die säumige Schuldnerin

40 C 13.376 / 88 Amtsgericht Hannover

Das ist nun mal auch unser Job: Forderungen der Mandantschaft gegen renitente Schuldner durchzusetzen. Dabei endet unsere Aufgabe nicht mit dem obsiegenden Urteil des Gerichts. Oft ist der zweite Teil der Aufgaben, also die Zwangsvollstreckungen geradezu der spannendere.

1.
Die N-Air S.A., Istanbul, hatte Schulden bei der O.-GmbH, Frankfurt am Main, viele Schulden. Im Spätsommer 1988 waren es mehrere 100.000 Deutsche Mark. Die O.-GmbH hatte viele Flüge für die N.-Air durchgeführt. Die Geschäftsleitung der N.-Air hatte wieder und wieder Zahlungen zugesagt, aber eben nicht gezahlt.

Da die N.-Air keinen Sitz in Deutschland und ebenso kein Vermögen hatte, standen wir vor erheblichen Problemen. Mein Schwager Peter K., auch Rechtsanwalt in Frankfurt, hatte das Mandat angenommen und mich um Mitwirkung gebeten. Es sollte versucht werden, in Hannover zum Erfolg zu kommen. O.-GmbH hatte in Erfahrung gebracht, dass N.-Air Flüge mit der Flugnummer N. 542 von Hannover nach Istanbul am ... durchführen werde. Das Fax erreichte mich am 1.9 .... Ich solle eine einstweilige Verfügung erwirken, um das Flugzeug an die Leine zu legen. Rechtsanwalt K. erläuterte, dass das Flugzeug selbst der N.-Air natürlich nicht gehöre, die Mannschaft selbst ebenso wenig im Dienst der N.-Air stehe. Nichts gehöre also der N.-Air. Aber er hatte die überzeugende Idee, dass das Kerosin, also der Treibstoff, ja von der N.-Air gekauft und bezahlt werden müsse, dieses also im Eigentum von N.-Air stehen werde. So seien die deutschen Gerichte, nämlich das Amtsgericht Hannover für das Eilverfahren – Arrest – zuständig, sobald das dann im Eigentum der N.-Air befindliche Kerosin getankt war, etwa 15.000 Liter. Es lasse sich dann auch pfänden.

Die Idee erschien mir zunächst abwegig, dann des Nachdenkens wert und – nach entsprechendem Studium der Literatur – überzeugend. Rechtsanwalt K. hatte eben im Luftfahrtrecht eine erhebliche Erfahrung. Der nächste Abflugtermin für N.-Air war für Freitag, den 23.9 ... geplant. Bis zu diesem Tag musste die Entscheidung des Gerichts in Hannover über den Arrest vorliegen, damit der Gerichtsvollzieher noch seines Amtes walten konnte.

2.

Am 19.9 ... stellte ich beim Amtsgericht Hannover den Antrag für den Arrestbefehl. Ich hatte am nächsten Tag mich vorsorglich zur mündlichen Verhandlung bereit erklärt, war angereist und stellte fest, dass das Gericht einfach nicht da war. Nachforschungen ergaben, dass »das« Tennisturnier der hannoverschen Richter durchgeführt wurde. Ach, deshalb ... Ich traf einen mir bekannten Kripo-Beamten. Er wusste mit seinem kriminalistischen Scharfsinn, wo das Turnier stattfand. Er fuhr zum Tennisplatz und »besorgte« mir den zuständigen Richter mit seinem Dienstfahrzeug. Am 20.9., mir am 21.9. zugestellt, gab das Gericht unserem Antrag statt:

»Wegen einer Rückforderung von überzahlten Flugkosten in Höhe von mindestens 200.000,00 DM gegen die Antragsgegnerin (also: ›N.-Air‹) sowie einer Kostenpauschale von 5.000,00 DM wird der dingliche Arrest in das gesamte Vermögen der Antragsgegnerin angeordnet ...«

Ich hatte also einen vollstreckbaren Titel. Nun galt es zu vollstrecken – gegen eine wahrhaft säumige Schuldnerin, N.-Air S.A.

Wo war das Flugzeug? Waren wir sicher, dass das Kerosin der N.-Air gehörte? Das musste auch noch bei der Pfändung geklärt sein. Im Zusammenwirken mit dem zuständigen Gerichtsvollzieher entschieden wir uns für den Flug am 23.9., 19 Uhr 45, Flugsteig 8. Der zuständige Gerichtsvollzieher R. aus Langenhagen war sofort informiert und bekam den Arrestbefehl per Fax.

Er werde noch einen zweiten Gerichtsvollzieher mitbringen. Es könne doch erhebliche Komplikationen geben. Ich wiederum nahm die Studentin Corinne, damals 19 Jahre alt, als Begleitschutz mit. Sie war aufs Äußerste gespannt. Ihr erstes Erleben einer Zwangsvollstreckung. Das Flugzeug musste also an den »Haken genommen« werden, um N.-Air zu veranlassen, zumindest einen erheblichen Teilbetrag in bar zu zahlen. Viel Zeit blieb N.-Air nicht, um das Geld zu beschaffen. Für Flugzeuge dieser Art, Iljuschin, galt ab 20 Uhr ein absolutes Startverbot in Hannover wegen der erheblichen Geräusch-Immissionen dieses Flugzeugtyps.

3.
Wir, das heißt zwei Gerichtsvollzieher, Corinne und ich, vereinbarten uns im Eingangsbereich des hannoverschen Flughafens. Ich hatte die Ausfertigung des Arrestbefehls und den schriftlichen Zwangsvollstreckungsauftrag im Gepäck. Die Gerichtsvollzieher, ihre Dienstwaffe: »Zur Vorsicht.« Sie hatten sich schon sehr gut vorbereitet. Obergerichtsvollzieher R. würde mit mir zur Flugsicherung, der Obergerichtsvollzieher B. zum Counter eilen, um zu verhindern, dass die Passagiere abgefertigt werden: Passkontrolle und Zoll waren dienstlich angewiesen.

Obergerichtsvollzieher R. kannte sich im Flughafenkomplex sehr gut aus. Er fand schnell den Weg zur Flugsicherheit im Tower. Er erklärte kurz, dass dem Flugzeug N.-Air kein o.k. für das »roll-off« gegeben werden dürfe. Es liege ein Arrestbefehl des Amtsgerichtes Hannover vor. Die Beamten glaubten zunächst an einen schlechten Scherz und bereiteten ruhig die roll-off Genehmigung vor. Nun aber der Obergerichtsvollzieher schneidend dienstlich: »Ich verpflichte Sie hiermit zur Amtshilfe. Sollten Sie diesem Ersuchen nicht Folge leisten, ist das ein Dienstvergehen, das disziplinarische Konsequenzen hätte.« Jetzt verstanden die Leute vom Tower. Sie hatten den Flugzeugführer zu informieren und taten das auch. Der Abflug war damit erst einmal verhindert.

Wir hetzten zurück zu den Flugsteigen. Dort wartete schon der zweite Gerichtsvollzieher. Eine lange Rolltreppe bringt die Fluggäste vom Ankunftsbereich im Erdgeschoss zum Obergeschoss, dem Abflugbereich. Obergerichtsvollzieher R. betrat als erster die Treppe, dann ich. Corinne folgte mir. Obergerichtsvollzieher B. schloss diese Staatsmacht ab.

Oben im Abflugbereich dann eine seltsame Situation.
Die meisten Counter der Airlines waren oder wurden gerade geschlossen. Es stand eine Reihe von Bundesgrenzschutz-Beamten mit ihren Dienstwaffen, also Maschinenpistolen, im Anschlag. Und: sämtliche Fluggäste des Fluges der N.-Air. Ihnen war offen-

sichtlich schon erklärt worden, dass möglicherweise der Flug nicht durchgeführt werden könne. Die Gerichtsvollzieher hatten also vorbereitet.

Es war ein Sonderflug für türkische Arbeiter, die unterwegs waren nach Istanbul zu ihren Familien für die Dauer ihres wohl verdienten Jahresurlaubes. Die Stimmung kochte. Ich lobte die Weitsicht des Obergerichtsvollzieher R.

Es schien sich schnell herumgesprochen zu haben, dass wir diejenigen waren, die die Jahresurlauber an ihrer Reise zu ihren Familien und Freunden hindern könnten. Es waren etwa 150 Passagiere. Empört, wütend.

Zunächst hatte sich der Zorn wohl nur gegen Mitarbeiter der N.-Air gerichtet, jetzt natürlich gegen uns.

Die Gerichtsvollzieher gingen zielgerichtet auf den Counter der N.-Air zu und teilten den Mitarbeitern mit, dass nur dann ein Abflug infrage komme, wenn die im Arrestbefehl festgesetzten 100.000,00 DM gezahlt werden. Der Geschäftsleiter der N.-Air war da. Das sei alles falsch, nie habe N.-Air auch nur eine Rechnung nicht bezahlt. Insbesondere O.-GmbH habe gar nichts zu bekommen. Im Gegenteil: N.-Air habe mehrere 100.000 DM von O.-GmbH zu bekommen. Das sei ihm gerade telefonisch versichert worden. Der Präsident von N.-Air wolle mich jetzt unbedingt sprechen, um die Sache mit mir zu verhandeln. Er drückte mir den Telefonhörer in die Hand.

4.

Der Herr Präsident der N.-Air, oder jedenfalls der, den sie hier nun einmal als Präsident bezeichneten, sprach recht gut deutsch. Helle Aufregung und Wut polterte mir aus dem Telefonhörer entgegen. Es war wunderbar: plastisch, orientalisch und ein ganz anderes umwerfend schönes Repertoire an Flüchen, Verwünschungen, Beteuerungen: »Jeden Tag, der ihm noch geschenkt werde, werde er O.-GmbH bekämpfen«. – »O. wird in Gräben mit giftigen Nattern gestoßen werden und darin um Gnade winselnd im Gift der Schlangen verderben. Böse Geister werden sich auf seine Brust stürzen. Nacht für Nacht, bis er kopfüber in die Hölle stürzt. Dann wird ihm sein Reichtum nichts nützen. Verderben komme über ihn. Nichts werde ich, der Präsident von N.-Air, zahlen, keinen Dinar. Und jeden Tag dieses Lebens werde ich einen Prozess gegen O. führen ...« Meiner Aufforderung, eine vernünftige Abschlagszahlung auf die ausgeurteilte Forderung zu leisten, wurde nicht Folge geleistet.

Die Gerichtsvollzieher gingen zur Sache. Sie wussten – woher auch immer – dass all diese circa 250 türkischen Fluggäste, sehr oft Landarbeiter, meist ohne Deutschkenntnisse, von ihren Agenten, »Betreuern«, nach Hannover gebracht waren in Kleinbussen, Pkws und ähnlichem. Das bare Geld für die Flugkosten wurde bei Beginn der Autofahrt abkassiert, war also entweder noch bei den »Betreuern« oder schon in den Bargeldkassen von N.-Air. Diese Betreuer ließen nur die durch die Kontrollen des Flughafens, die eben an die Betreuer gezahlt hatten.

Das Geld war allerdings in dem Augenblick, als die Gerichtsvollzieher zugriffen, natürlich bereits verschwunden, in Sicherheit gebracht worden. So verlegten wir uns zunächst aufs Warten, konnte doch das Flugzeug erst starten, wenn die Gerichtsvollzieher grünes Licht gaben.

Sie dachten natürlich nicht daran.

Es blieben nur wenige fünfzehn Minuten. Die Zeit verging.

Und plötzlich war Geld da, nicht alles, immerhin die Hälfte.

Ich befürchtete nun, das Geld mit nach Walsrode nehmen zu müssen. Aber auch insoweit hatten die Gerichtsvollzieher Vorsorge getroffen.

Wir ließen es gut sein, war uns doch von der Flugsicherung gesteckt worden, dass noch ein kleines Flugzeug, eine zweistrahlige HFB-Hansa, Kennung N.-Air, auf dem Flugfeld stand, also gepfändet werden konnte. Mit einem Fahrzeug der Flugsicherung waren wir schnell bei dem Flugzeug.

»Wie pfändet man eigentlich solch ein Ding?« fragte Corinne.

Das wusste ich auch nicht. Aber der Gerichtsvollzieher. Ganz klassisch: Große Pfandsiegel an alle Türen, Auslässe, ja selbst an die Halterungen der Räder. »So, das sollen die nur mal versuchen! An dem Tower kommen die sowieso nicht vorbei.«

Dabei blieb es. Ich habe es noch lange auf dem Flugfeld stehen sehen. Auf Nachfrage zuckte ein Beamter vom Tower die Schultern: »Die luftverkehrsrechtlichen Zulassung dürfte erloschen sein. So kriegen sie den Vogel nicht mehr in die Luft.«

Lange dauerte es, bis ich in der Tageszeitung, Frankfurter Neue Presse las:

»Sieben-Passagiere-Jet zu haben ... Unter den Hammer kommt dieser zweistrahlige Jet vom Typ Hansa Jet HFB 320, der seit zwölf Jahren am Rand des Flughafens Hannover steht.«
Eine türkische Chartergesellschaft konnte die damaligen Landegebühren nicht bezahlen – und der Jet wurde kurzerhand an die Kette gelegt.«
Vor vielen türkischen und deutschen Gerichten haben dann die Parteien kostenträchtig gestritten. Wer da nun in welche Natterngrube gestoßen wurde, ist mir allerdings nicht bekannt.

Corinne hat es Spaß gemacht. Sie begann im Wintersemester, also zehn Tage später, ihr Studium in Göttingen: Jura ...

Anmerkung:
*Rechtzeitig zur Weihnachtsfeier 1988 wurde der Vorgang in den Dichterhimmel gehoben:*

Das Türkenpfand

Als jüngst Freund Lueken – rechtsgelehrt –
zum Pfänden nach Hannover fährt,
erwirkt erst er den Arrest,
weil sonst man ihn nicht pfänden lässt.

Es fordert Beifall, dass und wie er
– gefolgt von dem Gerichtsvollzieher –
zunächst einmal mit Pokermiene
betanken lässt die Flugmaschine.

Erst als genügend Kerosin
– nichts ahnten noch die N-Air Türken –
und doch auch nicht genügend drin,
fing unser Pfandherr an zu wirken:

Erst stoppte er den Weiterflug,
dann drohte er, den Sprit zu pfänden;
den Türken blieb grad Zeit genug,
durch Zahlung dies noch abzuwenden.

Zuvor entfesseln ein Palaver
die wilden Herren aus Istanbul;
demgegenüber unser braver
Pfandherr Lueken blieb ganz cool.

Nachdem das Lösegeld erzwungen,
schließt er die Pfändung als gelungen;
und seitdem spricht man hierzulande
von H. – J. Luekens Türkenpfande.

(W. M.)

# Landleben

Gustav von d. B.
Damals, etwa 1972, kannte ich das Lichtenmoor noch nicht so genau. Ich war zwar auf langen Wegen in meiner neuen Heimat im Amtsgerichtsbezirk Ahlden schon herumgekommen. Ich wusste auch, dass Hermann Löns, in unserer Heide geradezu ein »Heiliger«, dort sein Unwesen getrieben hatte. Ich hatte bereits eine etwas verblichene Jungfer getroffen, die er – so »klatschte« man – vor langen Jahren einmal beglückt hatte. Löns war immerhin bereits im Ersten Weltkrieg gefallen. Für die Bevölkerung hier war und ist er nach wie vor »einmalig«.

Familien mit dem Namen v. d. B. aber gibt es hier viele. Ich kannte diesen Gustav v. d. B. aber noch nicht.
Und solche in der Ausgestaltung eines G. v. d. B. gab es wohl nicht noch einmal bei den v. d. Bs.
Er kam in unser Ahldener Büro. Er saß vor mir, abgerissen, ja schäbig, etwa siebzig Jahre alt, ein bisschen debil. Mit erheblichen Zahnlücken. Alte verschmutzte Gummistiefel, alter Lodenmantel, an dem ein letzter Knopf den Mantel noch zusammenhielt. Schiebermütze »Weltkrieg II«. Er dünstete in meinem warmen Büroraum einen Schweinestallgeruch aus.

Ein Nachbar hatte ihn von seiner kleinen bescheidenen Hofstelle im Lichten- Moor nach Ahlden gefahren, etwa fünfzehn Kilometer. Schwielige dreckige Hände. Die offensichtlich gerade auf dem Acker zusammengesuchten Kartoffeln hatten hinter den Nägeln beider Hände deutliche Spuren hinterlassen.
Er zog seine speckige Mütze mit der rechten Faust von hinten vorsichtig nach vorn über Glatze, Stirn und Gesicht. Das Haar war zu meiner Überraschung gekämmt, allerdings nur direkt über der Stirn. Sogar befeuchtet hatte er diese Partie seines Haares. Das Haar »saß« also – vorn.

Er nestelte an seinem Mantel, suchte offensichtlich etwas in der Innentasche. Ein stolzes Lächeln. Er hatte die »Gerichtspost« gefunden. Oder besser das, was noch von dem Brief mit Umschlag übrig war.

Natürlich sprach er Platt. Verstehen konnte ich damals schon platt. Beim Sprechen jedoch musste ich vorsichtig sein. Es konnte schnell peinlich sein, wenn so ein Versuch misslang. Die Menschen sprachen insbesondere hier in den kleinen Dörfern zuhause im Kreis ihrer Familien und Freunde oft nur Platt. Das hinterließ Spuren auch bei ihrem Hochdeutsch: Das »mir« und das »mich« verwechselten sie dann oft und die Sprache war klingender. Ich höre gern Platt.

Er legte mir also eine Anklageschrift vor:

> » ... *Amtsgericht Ahlden ... v. d. B. wird angeklagt am ... Oktober 1971 ein nicht für den Straßenverkehr zugelassenes Kraftfahrzeug, VW-Käfer, Baujahr 1959, geführt zu haben, nicht zugelassen und nicht versichert. Er selbst ohne Fahrerlaubnis, somit strafbar gem. §§§ ...*«

Nun war ich informiert, allerdings ohne seine persönliche Geschichte.

Auf meine Bitte hin erzählte er stockend ein bisschen. Es machte aber keinen Sinn. Er schaffte es nicht.

So beantragte ich zunächst Akteneinsicht. Es war eine unglaubliche Geschichte in dieser Ermittlungsakte der Staatsanwaltschaft Verden.

Das wesentliche Ermittlungsergebnis, das vor allem auf seinen Angaben beruhte, hatte ich nun vor mit liegen:

Am Vorfalltag habe er seine etwas ältere Frau A. unbedingt zu ihrer kranken Schwester fahren müssen. Er habe sie dorthin mit seinem Auto bringen wollen. Er habe sie nicht abholen lassen können.

»Wir haben nämlich kein Telefon. Unser Haus ist vor drei Jahren abgebrannt. Wir waren nicht feuerversichert. Mein Sohn hat keine Arbeit aber viele Kinder. Unser Haus konnten wir bis jetzt nicht wieder aufbauen. Es ist uns alles gesperrt, das Licht, die Versicherungen und auch das Telefon. Wir leben auf dem Boden über

dem Schweinestall mit unserer großen Familie. Wir haben keine Nachbarschaft. Das ist dort alles sehr einsam. Wir mögen das. Ich komme nur zu Fuß von zu Hause weg. Bis zum Kaufmann ist das aber eine halbe Stunde.
Na, unsere Oma war ja bei ihrer Schwester gewesen. Es regnete und unsere Oma ist nicht mehr gut auf den Beinen. Unser Willi hat auch keinen Führerschein. So muss ich dann immer fahren. Bei mir ist es ja nicht so schlimm, wenn ich hier im Moor so ohne Papiere fahre. Das darf ich ja eigentlich nicht.«
Das merke eigentlich im Moor hier niemand.

Dem Akteninhalt konnte ich dann weiter entnehmen:
Das Moor war nach dem Ersten Weltkrieg kolonisiert worden. Die Wege wurden leidlich durch den Realverband in Ordnung gehalten.
Als er losfuhr, wurde es bereits dunkel. Die Scheinwerfer am Auto waren aber defekt. Er meinte aber, noch gut sehen zu können.
G.v.d.B. dann: »Ich sah dann Autoscheinwerfer. Die haben mich geblendet«
Von rechts war der Kaufmann K. mit seinem »Mercedes 600« gekommen. Er war Jagdpächter dort und kam von einem Jagdgang. Er konnte Opa nicht sehen, der alte, grau-grüne VW war sicher schwer auszumachen.

»Ja, dann hat's doll geknallt. Das andere Auto war dann weg. Weil mein Auto auch nich mehr ging, bin ich dann raus, habe unsere Oma aus dem Auto geholt und dann weg. Was mit dem anderen Auto war, weiß ich nicht. Ich kam noch bis nach Hause. Aber dann war plötzlich unsere Oma weg.«
Mit gutem Instinkt kletterte Opa in die derzeitige »gute Stube«, auf dem Dachboden vom Schweinestall. Panisch ging er dann noch in einer Volltarnung: »Ich musste mich doch verstecken! Mit dem Kopf zuerst rein ins Heu. So war ich ja weg. Da konnt' mich eigentlich niemand finden«.

Der Kaufmann K. hatte jedoch inzwischen – damals ein großer Luxus – ein eingebautes Telefon in seinem Auto. Er konnte so die Polizei in Rethem – etwa fünf Kilometer entfernt – informieren. Dort kannte man offensichtlich den Bruch. »Ach so: FAL – DR 53.

Das ist noch an seinem Auto. Aber das ist doch schon lange nicht mehr zugelassen. Dann ist Opa mal wieder unterwegs gewesen. Weit kann er ja nicht sein. Wir kommen.«

Mit »Tatütata« kamen sie schnell zum Hof. Inzwischen war es »sticke düster«. Elektrisches Licht gab es bei G. nicht. Die Familie musste also auf dem Boden »im Heu zu Bett« sein.

Die Staatsmacht kam angerückt, mit Dienstlampe ausgerüstet, fand so auch schnell das Familienlager.

Der Polizeibeamte B. dann später:
»Irgendwie war es schon witzig. Wir sahen nur die Stiefel von Opa und haben ihn rausgezogen. Er jammerte immer wieder: ›Wo ist Oma? Die ist weg! Sie muss im Moor sein. Ich hab sie verloren. Oma!‹ Er weinte. Ihm Vorhaltungen zu machen oder auch nur zu befragen, war im Augenblick sinnlos. Wieweit das ganze doch noch ein Unfallschock war, wussten mein Kollege und ich nicht.

Die anderen von der Familie da oben gaben an, sie wüssten auch nicht, wo sie sei. Auf dem Hofgelände zusammen mit der Familie fanden wir sie nicht. Sie war wohl allein durchs Moor gelaufen. Es war schon spät. Fast Mitternacht.

Wir riefen andere Dienststellen und Feuerwehr heran. Wir waren ungefähr zwanzig. Wir hielten Nachsuche. Wir suchten alles ab. In der Nacht haben wir sie nicht mehr gefunden.

Wir haben sie erst am nächsten Morgen gefunden. Nass, völlig erschöpft. Wir ließen sie ins Krankenhaus nach Walsrode bringen.«

Die Ärzte – so verlas der vorsitzende Richter ein ärztliches Gutachten – waren erstaunt, dass Oma das geschafft hatte.

Das Verfahren war noch zu Ende zu bringen.

Auch dem Staatsanwalt war klar, dass die Elle des Strafrechtes nichts ausrichten konnte.

Ich beschränkte mich auf die Feststellung, dass wohl G. v. d. B. am besten auf dem kleinen Hof im Bruch untergebracht war.

Der Vorsitzende Richter verkündete sodann sein Urteil: »Der Angeklagte wird wegen … zu einer Geldstrafe von 40 DM verurteilt. Das Fahrzeug FAL – DR 53 wird eingezogen …«

Sicher eine weise Entscheidung. Ich verzichtete auf Rechtsmittel.

Letztlich trug der Richter noch in der mündlichen Verhandlung die angewendeten Vorschriften nach:

»Ordnungswidrigkeit §§ 16 StVO – die fehlende Beleuchtung
Körperverletzung, strafbar gem. § 223 StGB zum Nachteil von K.
§ 73 Verfall (Einziehung des Fahrzeuges),
Straftat gem. § 142
Verkehrsunfallflucht.«

Bald schon kümmerte sich Oma wieder um alles auf dem Hof, wie zuvor.

Als ich nach längerer Zeit einmal wieder dort im Moor war, waren immer noch keine Fenster und Türen im Bauernhaus eingebaut.
    Es wurde noch als eine Art von Hühnerstall genutzt.

# Zähne zur Weihnacht

Arb.G. Celle 2 Ca 413/94

Sie war attraktiv: 90–60–90, temperamentvoll. Toll hergerichtet. Das Parfum vielleicht ein bisschen zu schwer. Sie war streitlustig. Sie war empört. Sie war aus der Wedemark bei Hannover gekommen, um sicher zu gehen, dass ich – der Anwalt – in keinerlei Hinsicht auf ihren Arbeitgeber B – Eigentümer eines Seniorenstiftes – Rücksicht nehmen musste.

»Herr Rechtsanwalt, Kündigungen hat es bei uns in der DDR nicht gegeben! Ich habe niemanden gekannt, dem mal gekündigt worden war – und jetzt ist mir gekündigt! ... Obwohl ich dafür gar nichts konnte. Der soll da nicht so mit durchkommen«.

Ich bat sie zu berichten.

Sie sei als eine der Ersten mit der »Trabbi-Invasion« in der Nacht vom 2. auf den 3. Oktober 1990 zusammen mit ihrem Freund nach F. gekommen. »Ich wollte aber arbeiten und Geld verdienen.« Sie wollte schlichtweg vieles von dem, wovon sie immer geträumt hatte, einfach haben, »ja tatsächlich haben ...Reisen ... Ein West-Auto ... «

Sie wurde Helferin in einem Altenpflegeheim in Hannover.
Weil sie eben auch attraktiv war, bedrängte sie dort der Chef B., gab ihr die eine oder andere angenehme Aufgabe, verschonte sie mit der Einteilung zu anstrengenden Spät- und Nachtschichten, lud sie zum Essen ein, um ihr »weiterzuhelfen« bei ihrem Start in Westdeutschland. Er gewährte ihr Vergünstigungen. Die Kolleginnen warnten sie.
Sie übersah deshalb jetzt den Chef.
Es kamen nun die Schikanen. Darauf verstand er sich.

Dann aber wurde es Weihnachten.
Für sie bedeutete es die Kündigung. In der üblichen Form zunächst: »Hol deine Papiere. Und diesen Monat kriegst du nicht bezahlt.« Warum, das wisse sie ja selbst. Das komme noch schriftlich.
So kam sie, um durch eine Klage feststellen zu lassen, dass die Kündigung nicht das Arbeitsverhältnis beenden konnte. »Herr Rechtsanwalt, das lasse ich mir nicht bieten!«
So habe ich Klage beim Arbeitsgericht Hannover erhoben:
»… es wird beantragt festzustellen, dass durch die Kündigung vom 28.12. das zwischen den Parteien bestehende Arbeitsverhältnis nicht beendet ist, sondern über den 28.12. hinaus weiter bis zum jetzigen Zeitpunkt fortbesteht … Die Klägerin bietet ihre Arbeitskraft hiermit ausdrücklich an.«

Es wurde der gesetzlich vorgegebene Gütetermin anberaumt. Das Gericht hatte so den Versuch zu machen, die Parteien in einem Verhandlungstermin, in dem die Sache nicht durch ein Urteil zu Ende gebracht werden konnte, zum Abschluss eines Vergleichs dieses Rechtsstreits zu bringen. Eine sehr vernünftige Einrichtung des Arbeitsrechtes.

So wurde also bei dem Arbeitsgericht Hannover verhandelt.
Sehr von oben herab beantragte B, die Klage abzuweisen; das Arbeitsangebot meiner Mandantin lehne er ab.
»Die kommt mir nicht wieder zurück in meinen Laden!«

Der ihn vertretende Kollege behauptete einen schweren Verstoß gegen arbeitsvertragliche Pflichten. So wie die Klägerin, könne man mit den Senioren nicht umspringen.
»Gerade bei der Weihnachtsfeier im Heim musste das passieren.« Er schilderte wortreich den Vorfall, den er selbst nicht erlebt hatte.

Da wir diese Darstellung eines »Lügenpelzes« für frei erfunden hielten, musste der Vorfall in einem Beweisaufnahmetermin aufgeklärt werden.

Im folgenden Verhandlungstermin – dem sogenannten Kammertermin – wurde der Richter durch einen Vertreter der Gewerkschaften und einen Vertreter des Arbeitgeberverbandes unterstützt.

In diesem Termin erschienen nicht nur die Parteien des Rechtsstreites und ihre Anwälte. Die Pflegedienstleiterin war als Zeugin zu hören. Sie war eine resolute Person, ein »Etagendrachen« – wie die Mitarbeiter sie kennzeichneten, also selbstbewusst, eine Autorität: untersetzt, etwa fünfzig Jahre alt, gewiss keine Schönheit.

Der Vorsitzende ließ sie berichten, mahnte sie allerdings auch: »Sie müssen bei der Wahrheit bleiben. Wegen Ihrer Aussage heute darf Sie der B. in keiner Weise strafen oder auch nur benachteiligen«.

Arbeitsrechtlich war das sicher richtig. Aber eben doch ein bisschen lebensfremd. Keine Nachteile, wenn sie gegen diesen Chef aussagte? Sichtlich unwohl fühlte sie sich, als sie dann berichtete:

»Am 24. Dezember müssen wir immer die Heimbewohner für die Weihnachtsfeier vorbereiten. Zur gemeinsamen Feier kommen immer viele Angehörige der Heimbewohner. Sie müssen einen guten Eindruck von dem Heim gewinnen.
Der Heimbewohner G. hatte einen Schlaganfall gehabt und war erheblich dement. K. sollte ihn fertig machen und ihn vor den Tannenbaum schieben. Alle Heimbewohner und ihre Angehörigen waren schon beim Tannenbaum. Die elektrischen Kerzen waren angezündet. Die Klägerin kam und kam nicht mit Opa G.
Die Helferin D. sah nach.
Zurück, flüsterte sie mir zu: »Seine Zähne sind weg. Sie wissen ja, dass G., wenn er unruhig ist, seine Zähne aus dem Mund nimmt und sie irgendwo hinlegt oder fallen lässt. K. hat schon zusammen mit der Kollegin F. zwei Stunden gesucht. Wir haben jetzt noch einmal überall gesucht: im und unter dem Bett, unter dem Schrank, in der Toilette, in der schmutzigen Wäsche. Wir können ihn doch nicht ohne seine Zähne herbringen!‹«
Da habe ich, weil die Angehörigen schon fragten, angeordnet, dass sie Opa G. eben ohne seine Zähne bringen. Das war aber

auch deshalb ein Risiko, weil Opa G. immer, wenn er aufgeregt war, laut zu krakeelen anfing. Dann sieht man genau, dass die Zähne fehlen.«

Das bestätigte meine Mandantin K.

Und so die Zeugin weiter:
»Die Angehörigen waren sauer. Ihr Opa ohne Zähne, vor dem Tannenbaum, Sauerei! Da hätte das Heim doch aufpassen müssen!«

»Das ist zwar richtig gewesen«, meinte hierzu die Mandantin zum Gericht. »Aber Opa G. war durch andere Kolleginnen in der letzten Schicht im Heim herumgefahren worden. Da hat er wohl sein Gebiss verloren.«

Die Zeugin dann weiter:
»So wurde also Opa doch vor den Tannenbaum geschoben. Wir sangen gerade: ›O Tannebaum, O Tannebaum …!‹, als Opa G. lebhaft gestikulierend auf den Tannenbaum zeigte. Wir hielten das erst für eine besondere Art von weihnachtlichem Gefühl bei Opa. Plötzlich fing eine Kollegin von uns an zu kichern. Der Gesang erstarb. Die Angehörigen waren in ihrer Reaktion gespalten. Die einen schmunzelten, die anderen guckten grimmig zu mir. Sie hatten bemerkt, dass eine von uns, nicht also eine Verwandte des Opas G. ihn ohne seine Zähne zum Weihnachtsbaum geschoben hatten.

Ich sah jetzt den Grund: das Gebiss. Es hing im Tannenbaum, zusammen mit dem übrigen Baumschmuck, elektrische Kerzen, Lametta, Engelein. Die Senioren waren auch vorher schon da. Opa musste also mal wieder sein Gebiss weggeworfen haben – in den Tannenbaum. Dort hing es«, schloss die Zeugin ab.

Mir lag natürlich die Frage an die Zeugin auf der Zunge, ob sie dann hinterher auch im Altenheim noch das schöne, alte deutsche Weihnachtslied gesungen haben: »Vom Himmel hoch da komm ich her …«

Beim Arbeitsgericht Hannover waren wegen der vielen zu verhandelnden Fälle an den Sitzungstagen wartende Kollegen im Gerichtssaal. Lautes Gelächter also.

Der Vorsitzende Richter bat energisch um Ruhe, schloss die Beweisaufnahme mit dem Hinweis: »Na, Herr B., wollen Sie Ihre Kündigung nicht doch zurücknehmen? Für das fliegende Gebiss kann ja nun beim besten Willen die Klägerin nichts«. Und dann trocken zum Beklagten: »Sehen Sie, der alte Herr hat sich wohl in den Baum verbissen, ähnlich wie nun Sie hier in die Kündigung. Nehmen Sie man die Kündigung zurück.«

Der Beklagte zeigte seine beste Seite: »Sauerei. Die Deutschen Gerichte taugen eben nichts. Das bring' ich in die Bild-Zeitung!«

Bei den Bürgern ist eben die Bild-Zeitung in dieser Welt das absolut höchste Gericht. Immerhin aber dann doch: »O.k., dann ist eben die Kündigung erledigt. Aber …«

Der Arbeitsrichter protokollierte schnell – der Beklagte könnte es sich ja noch anders überlegen –:

»1. Der Beklagte verzichtet auf seine Rechte aus der Kündigung.
2. Die Klägerin nimmt ihre Kündigung zurück.
3. Die Gerichtskosten trägt der Beklagte; die außergerichtlichen Kosten werden nicht erstattet.«

# Die Sache Urigkeit

beim Amtsgericht Ahlden

*Schloss Ahlden der Kurfürstin Prinzessin Sophie Dorothee (1666–1726)*

Ein Fall aus meiner Zeit als junger Anwalt in Ahlden: Ja, meine Schwäche für die ostpreußische Sprache, die Menschen aus Masuren. Gradlinig, standfest, nicht mit der Berliner Fixigkeit, aber gewiss auch nicht so ein damaliger Rachull, habgieriger Mensch. Na, so habe ich damals auch den Laban, den Urigkeit, kennen gelernt. Ein richtiger, langer Ostpreuße, eben kein Knubbel, schwerfällig, gutmütig, immer in Holzschuhen, seinen Klotzkorken. Das war in Ahlden damals noch möglich, ohne dass die Leute die Köpfe zusammensteckten. Jeder kannte eben jeden. Schließlich war da ja auch noch »Puschenkarl«, der in Pantoffeln durch das Dorf, oder »Flecken«, schlurfte.

Es mag in meinem zweiten Jahr als junger Anwalt in Ahlden gewesen sein.

Da kam er eben, Urigkeit, dieser Laban. Ich wusste nicht, was er wollte. Nur, dass ein »Herr Urigkeit in einer neuen Sache« komme, hatte mir unsere Rechtsanwalt- und Notargehilfin gesagt. Ich hatte schon von ihm gehört. Unser Bürovorsteher Willi S. kannte eben alle in Ahlden, unserem verträumten 600-Seelen-Dörfchen. Er sei ein Original, nicht »von hier«, ein »Flüchtling aus dem Osten«. Damals hatte dieses Wort noch seinen besonderen, einen eben nicht freundlichen Klang. Auch wenn sie schon länger als zwanzig Jahre »hier«, also im Westen waren, waren sie doch für viele Hiesige »nur« Flüchtlinge.

Nun saß er mir gegenüber in dem kleinen Zimmer in dem Büro der Rechtsanwälte H. Lock und W. Mestwerdt. Es war mehr eine Bodenkammer als ein Büroraum mit »einer Schräge«. Über eine steile Stiege gelangte die »Mandantschaft« über den Aktenboden zu mir.

So auch Urigkeit. Ich wusste ja, dass wir uns erst einmal anschweigen würden. Vorsichtig versuchte ich es erst: »Na, Herr Urigkeit. Was machen die Hühnerchen? Die Erpelchen?« Zu meiner Überraschung jetzt schon eine Antwort: »Na jae doch!« Offensichtlich war er erleichtert, dass ich die Vorteile der Landwirtschaft in seiner Heimat kannte. Vorsichtig weiter: »Na, Herr Urigkeit, was liegt denn an? Den Nachbarn Willuweit verwalkt? ...« Kopfschütteln. »Das Marjellchen?« »Mecht sein, mecht nich sein ...« »Ja, Herr Urigkeit, Sie müssen es mir schon sagen, sonst kann ich nichts für Sie machen. Geht es Ihnen um das Papier in Ihrer Hand?« »Na jae.« Er schob mir einen Briefumschlag über den Tisch. Mit Zustellungsurkunde vom Amtsgericht Ahlden.

So studierte ich denn:

»Rechtsanwalt und Notar Dr. jur. W.

Klage der Servieren Gertrud B., wohnhaft 3031 Ahlden Knickstr. Nr. ... Klägerin, Prozessbevollmächtigter RA Dr. W., Ahlden, gegen den Straßenwärter Urigkeit, G., wohnhaft 3031 Hodenhagen Riethagen Nr. ...

Beklagter, Namens und im Auftrage der Klägerin beantrage ich, 1. den Beklagten zu verurteilen, an die Klägerin 1.000,00 DM zu

zahlen, und 2. an die Klägerin herauszugeben: einen Hut, Filz, schwarz, Leibwäsche, Kattun, zwei Krawatten, einen Siegelring, ein Bild: ›Röhrender Hirsch‹, 50 mal 70 cm, eine Brieftasche, braun, ein Buch: »Die Helden der Tannenbergschlacht«, und 3. dem Beklagten die Kosten des Rechtsstreites aufzuerlegen.
Begründung:
Die Klägerin macht gegen den Beklagten einen Anspruch zur Zahlung von sogenanntem Kranzgeld geltend, Schadensersatzanspruch gem. § 1300 BGB, sowie einen Herausgabeanspruch.«

Ich hatte nie gedacht, dass ich einmal eine Partei in einem »Kranzgeld«-Prozess vertreten sollte. Wir warteten bei den Familienrechtsvorlesungen in meiner Uni Hamburg schon immer auf die meistens urkomischen Darstellungen dieses »Kranzgeldanspruches«. Das sei noch aus der Kaiserzeit und werde für uns allenfalls rechtshistorisch, dann aber immer komisch sein. Das sollte sich nun bewahrheiten.

Also las ich weiter:

»Nach den §§ 1297ff BGB hat derjenige Verlobte, der von seinem Verlöbnisse zurücktritt, der Familie der Verlobten und der Verlobten selbst Schadensersatz zu leisten in dem Umfang, in dem die Familie der Verlobten in Erwartung des Eheschlusses Aufwendungen gemacht hat. Eine gleiche Verpflichtung trifft den Verlobten gegenüber seiner Verlobten zur Herausgabe der von ihr erhaltenen Geschenke.

Es dürfte gerichtsbekannt sein, dass die Parteien verlobt gewesen sind. Von diesem Verlöbnis ist der Beklagte zurückgetreten und zwar nach dem Schützenfest jetzt im Sommer. Auch das dürfte gerichtsbekannt sein. Nicht zum ersten Mal hatte der Beklagte, erheblich angetrunken, sich der Rosa D. zugewandt, eindeutig mit ihr getanzt und war mit ihr in ihrer Wohnung verschwunden, die er erst am nächsten Morgen wieder verließ. Beweis: Zeugnis der Rosa D., Ahlden, Feldstraße Nr. …

In diesem Verhalten des Beklagten ist ein Rücktritt von dem Verlöbnis zu erkennen, insbesondere weil er in den kommenden Tagen und Wochen mehrfach der Klägerin auch deutlich erklärte, dass er nichts mehr von ihr wissen wolle. Beweis: Parteivernehmung.

Das sieht der Beklagte wohl auch so. Er hatte weiter, wozu er auch gem. § 1301 BGB verpflichtet war, die Geschenke herausgegeben, »die ihm geschenkt oder ihm zum Zeichen des Verlöbnisses gegeben waren« (§1301 Abs. 1 S.1 BGB), nämlich Hut, Leibwäsche, zwei Krawatten, Schützenuniform und Siegelring und die sonst im Antrag genannten weiteren Geschenke.

Die Klägerin hatte ihm aber auch die »Beiwohnung gestattet.« Die Klägerin war letztendlich auch »unbescholten« gewesen im Sinne von § 1300 Abs. 1 BGB. Sie hat nämlich nie etwa eine Verderbtheit an den Tag gelegt, was in der Rechtsprechung die Annahme der Bescholtenheit zwingend gemacht hätte (Reichsgericht Band 149 S. 146). Der Beklagte ist somit auch zum Ersatz desjenigen Schadensverpflichtet, der nicht Vermögensschaden ist (§ 1300 Abs. 1 BGB), also zur Zahlung einer Art von Schmerzensgeld, des sogenannten »Kranzgeldes«. So hat er nicht nur die Geschenke herauszugeben, sondern auch ein Kranzgeld zu zahlen. Die Höhe des Kranzgeldes mag das Gericht bestimmen, ein Betrag von 1000,- DM sollte es aber schon mindestens sein.
Gez. Dr. jur. W. Rechtsanwalt«

Ich machte – was mir schwer fiel – ein sorgenvolles Gesicht.
»Na, Urigkeit, das sieht aber nicht sehr gut aus.« Ich ließ ihn berichten. Er machte sich Mut, indem er zunächst abschweifte.
Langsam und stockend erzählte er mir also seine Geschichte aus der Zeit lange nach dem ersten Krieg. Erst von seiner Heimatstadt Rössel, Bezirk Allenstein. Nein, eigentlich nicht direkt Rössel. Mehr in Richtung Rastenburg, in Heiligenlinde. Aber zum Markt sei er mit seiner Großmutter samstags oft nach Rössel gegangen, habe den Korb mit den Eiern von den Hühnerchen und den Entchen getragen. Oma habe so schöne Geschichten aus ihrem katholischen Ermland gekannt. Manchmal allerdings habe er sie nicht richtig verstanden. Dann habe sie litauisch oder polnisch gesprochen, wie so viele hier mitten in Ostpreußen.
So seien sie an den Markttagen immer nach Rössel gekommen, an der alten Stadtmauer vorbei, zum Platz vor dem Rathaus. Dort hatte der Bäcker Hohmann, jetzt Walsrode, Vater von dem Wernerchen, den »mit den Bildern«, eine Bäckerei betrieben. Der hat mir später dann von diesen Markttagen in Rössel auch erzählt:

»Natürlich habe ich die Urigkeits gekannt. Alle haben Oma Urigkeit dort gekannt. Einmal in der Woche kam Oma Urigkeit mit dem Jinterchen zum Markt nach Rössel. Oma hatte es gut mit ihrem Jinterjen gemeint: ›Komm Jungchen, hast noch 'nen Butsch.‹ Sie beugte sich dann herunter und gab ihm diesen Butsch, mitten auf die Stirn, und einen Groschen. ›Damit wirst können kaufen Stremelkuchen bei Hohmann, Jungchen.‹ Und Opa Hohmann dann weiter: ›Schräg gegenüber vom Rathaus, der Laden mit der weißen Bank, das war unsere Bäckerei.‹ So peeste das Jinterchen los, wieselte durch die Marktleute. Auf der Bank immer wieder dieselben. ›Na, Jinterchen, war Oma wieder spendinabel?‹ Jinterchen nickte, legte den Groschen, nahm seinen Stremel.«

Mit dem ›Wernerchen‹, Sohn des Bäckermeisters Hohmann aus Rössel, dann in Walsrode, bin ich dann 1984 in Rössel gewesen und habe alles so vorgefunden, wie mir Urigkeit und Familie Hohmann es erzählt hatten.

Und nun hier also mein »Mandant Günter Urigkeit«, versonnen: Das sei schön gewesen, damals in Rössel …

Er hatte wohl sicher gemerkt, dass ich ihm gerne zuhörte. Erinnerungen an die Familie Düttchen, ostpreußische Flüchtlinge in unserem Haus in Soltau kamen wieder. Ihre Sprache, ihr Schicksal, ihre Berichte von dem Treck bis in die Lüneburger Heide …

»Na Urigkeit, jetzt aber zu Ihrem Problem, zu dieser Klage.«

Sein Bericht sah doch etwas anders aus als der in der Klage. Aber das ist ja meistens so in unserem Beruf. So konnte ich meinen Schriftsatz verfassen, der noch am selben Tag im Schloss, also im Amtsgericht Ahlden sein musste.

Das Schloss direkt an der Alten Leine. Die Mutter Friedrichs des Zweiten von Preußen, nämlich Sophie Dorothee, Prinzessin, geschiedene Ehefrau von Georg Ludwig, Kurfürst von Hannover, späterer Georg der Erste von England, war hier von 1694 bis 1725 wegen des berühmten Verhältnisses mit dem schwedischen Grafen von Königsmark in Gefangenschaft gehalten worden.

Nun also wieder so ein Verhältnis, auch ein in Ahlden zu Ende gekommenes, und dieses Mal nicht eine Prinzessin mit einem späteren König von England, sondern eben ein Verhältnis von Gustav Urigkeit, früher Rössel, mit Gerda B. aus Ahlden, wo sie im

Schatten dieses Schlosses zu einer handlichen Mamsell herangewachsen war.

Ja, hier habe ich noch den Schriftsatz:

»An das Amtsgericht Ahlden
In Sachen Gerda B. gegen G. Urigkeit 2 C 989/70 bestelle ich mich zum Prozessbevollmächtigten des Beklagten und beantrage, die Klage abzuweisen. Die Klage ist ganz und gar unbegründet.
Weder war der Beklagte mit der Klägerin verlobt. Man hat zwar Feste miteinander gefeiert, aber eine feste Heiratsabsicht hatte der Beklagte nicht. Wenn das Gericht aber meinen sollte, dass er sie doch hatte, hat er diese nicht aufgegeben. Die Klage ist aber auch unbegründet, weil die Klägerin nicht unbescholten war, was so manch einer hier in Ahlden weiß. Wenn sie aber unbescholten gewesen sein sollte, hat der Beklagte keine Geschenke bei der Verlobung bekommen. Wenn er sie aber erhalten haben sollte, sind sie weg. Er kann sie gar nicht mehr zurückgeben. In keinem Falle waren sie etwas wert. Großzügigkeit zeichnet die Familie der Klägerin ja nicht aus – was gerichtsbekannt sein dürfte.
Ein echter Kranzgeldanspruch selbst kann im Übrigen gar nicht bestehen, weil heutzutage das voreheliche Beiliegen fast schon üblich ist.
Für die Rechtsanwälte Lock, Mestwerdt
gez. Rechtsanwalt H.J. Lueken«

Der Schriftsatz ging zum Amtsgericht im Schloss. Urigkeit sah ich bald, als wir im Flecken Ahlden auf die Anberaumung des Verhandlungstermins warteten. Hoch aufgereckt zwar, aber eben doch als ob der ganze schwere, schwarze Himmel Ostpreußens auf ihm lastete. Damals noch mit seiner Militärmütze, Zweiter Weltkrieg, feldgrau, schon recht abgegriffen. Auch mit der grauen Militärjacke und Cordhose, ein bisschen zu kurz aber mächtig weit, braun-grau mit soliden ledernen Hosenträgern: ein Heiratskandidat für die hiesige Ahldenerin Gerda B.? Die Ahldener hatten das einfach nicht verstanden. Ein Flüchtling!

Es ging nun alles seinen Gang beim Amtsgericht Ahlden. Zuerst die Ladung zum Verhandlungstermin:

»In Sachen
Gerda B. gegen G. Urigkeit

2 C 989/70

wird Termin zur mündlichen Verhandlung anberaumt auf Donnerstag, den 15. November 1970, 9h00, Saal 2.
Es wird das persönliche Erscheinen der Parteien und ihrer Vertreter angeordnet.
Gez. Dr. jur. Heinrich H., Direktor am Amtsgericht«.

Dann das Verhandlungsprotokoll:

»Amtsgericht Ahlden, den 15. November 1970
In Sachen Gerda B. gegen G. Urigkeit (2 C 989/709)
erschienen mit der Klägerin: RA Dr. jur. W.
und mit dem Beklagten: RA H. – J. M. Lueken«.

Jetzt muss ich den Verlauf dieser denkwürdigen Verhandlung im Zusammenhang – zwar in einer gewissen literarischen Freiheit und zum besseren Verständnis des nicht forensisch tätigen Lesers, aber im Übrigen streng nach dem Akteninhalt – vortragen. Diese Freiheit ist umso zwingender, da es nicht meine Absicht ist und sein kann, das Weitere gleichsam öffentlich zu machen.

Also wurde am vom Gericht bestimmten Tage im Amtsgericht Ahlden, im Schloss Ahlden, verhandelt im Saal Nr. 2, dem vormaligen Prunkzimmer der Sophie Dorothee, der tragischen Prinzessin. In diesem Prunkzimmer wurde jetzt der Kranzgeldprozeß »B. gegen Urigkeit« verhandelt.
Ich erinnere genau:

Gerichtsoberwachtmeister Zimmermann, im »grünen Rock« der Justiz:
»Es wird aufgerufen die Sache: Gerda B. gegen Urigkeit, G.«

Der Vorsitzende Richter am Amtsgericht Ahlden, Dr. Heinrich H. zieht die Robe zusammen:
»Wachtmeister, das Gericht friert. Legen Sie nach!« – Das Amtsgericht Ahlden verfügte noch nicht über eine Zentralheizung, aber über eine Ofenheizung, allerdings nicht in allen Räumen. – »Jawoll, Herr Doktor!«

Es war ein frühherbstlicher Tag. Das alte Gemäuer. Kälte saß in den Ecken, auf den Stühlen, sprang an den Richtertisch, griff nach dem Rheumabein des Vorsitzenden. Stieg in den Schoß und tat, was Kälte eben so macht. Sie schaffte einen Hauch von Grabeskälte. Ofenversuche im Sitzungssaal Nummer 2 – »Nummer Eins« gab es nicht – immer wieder war es mehr der Glaube an die Wärme als die Wärme selbst, an solchen feucht-nassen Tagen in den acht mal neun Meter hohen, sehr hohen Raum, dem kaum hellen Verhandlungssaal des Amtsgerichtes Ahlden.

»Na, denn mal los, meine Herren! Die Anträge!« … und zu meinem Prozessgegner Dr. jur. W., »Also du, W. für die Klägerin! Aber das vorweg: Was willst du eigentlich von diesem unbescholtenen Ahldener Bürger, unserem ostpreußischen Original Urigkeit? Ha, ha!«

Dr. jur. W.: »Ja, ich wollte dem Gericht noch einen Schriftsatz überreichen, der das abscheuliche Verhalten des Beklagten weiter substantiiert und unterstreicht.«

»Aber, Herr Vorsitzende« versuchte ich einzuwenden, »ich rüge ausdrücklich die Verspätung.«

Richter Dr. H., verständnisvoll zu mir: »Aber Herr Rechtsanwalt Lueken, Sie sind noch nicht lange hier Anwalt in Ahlden. Sonst wüssten Sie: Hier gilt Ahldener Landrecht: Erstens, Ahldener Rechtsanwälte bekommen von mir immer Schriftsatznachlass. Und Zweitens, das Vorbringen der hiesigen Anwalte ist nie verspätet. Aber das werden Sie schon noch lernen, nicht, W.?

Also, nun zur Sache. Ich führe in den Sach- und Streitstand ein und fasse zusammen: So, Urigkeit: Dass Sie mit der Klägerin verlobt waren, lässt sich ja wohl nicht abstreiten. Schließlich wohne ja auch ich in Ahlden. Das Gericht selbst ist ja bei der heftigen Verlobungsfeier dabei gewesen!«

Urigkeit, in guter ostpreußischer Ruhe, kratzt sich am Ohr,

zieht sinnierend den Schnodder hoch: »Ja, Manschjen, Herr Doktor. Das eine oder andere Schnäpschen hat gemacht das, was Schnäpschen im Allgemeinen so tun. Das Marjelchen: es beliebte, anjenehm zu sein.«

»Schön, schön! Sie wollen doch aber auch nicht bestreiten, der Gerda danach auch beigewohnt zu haben?!«
»Möchten bitten ich um eine Erläuterung: ›Beigewohnt‹? Bei uns in Rössel, Bezirk Allenstein, ist unbekannt dies Wörtchen.«
»Na, na, Urigkeit! Wir sind ja hier unter uns, sozusagen. Der Zustand als solcher wird ja wohl auch bei euch in Allenstein bekannt gewesen sein, Urigkeit!«
»Na jeh doch, Herr Doktor.«

Der Vorsitzende meinte, noch weiter Klarheit schaffen zu müssen: »Also, Urigkeit: Jetzt einmal genau: Wenn Sie ›beiwohnen‹, so wie wir das hier meinen, ist das nicht nur das Wohnen in derselben Wohnung etwa, sondern nach der Entscheidung des Oberlandesgerichtes Celle im dreißigsten Bande Seite fünfunddreißig ist eine ›Beiwohnung‹ die Vereinigung der Geschlechtsteile. So auch Palandt-Lauterbach, in der dreizehnten Auflage, 1956, in der Anmerkung zwo klein b. Dieser Auffassung schließt sich das Gericht an. Haben Sie das verstanden, Urigkeit?«

»Kann sein und mecht auch nicht sein« stellt der Beklagte unsicher fest. »Wenn ich mecht ehrlich sein. Es wird jewesen sein so eine tapsige Dreibastigkeit, Herr Richter.«

»Na«, stellte jetzt der Vorsitzende im Hinblick auf Kälte und seinen Nachdurst fest: »Wollen wir also davon ausgehen, dass der Beklagte im Bilde ist. Schließlich sind auch in Rössel Kinder geboren worden. Die brachte ja auch nicht der Weihnachtsmann …« und weiter sichtlich gequält in Richtung Ofen: »Zimmermann, ich friere immer noch« und fuhr fort: »Also: jetzt man weiter zu Ihnen, Urigkeit. Was der Rechtsanwalt von Ihnen will, scheint Ihnen noch nicht so ganz klar geworden zu sein, Urigkeit. »Kranzgeld« ist ein vertraglicher Anspruch, also ein Anspruch wegen der Verletzung eines Vertrages. Ja, das ist nun mal so. Die Verlobung ist ein Vertrag gerichtet auf die Eingehung einer Ehe. Also, wer sich verlobt, muss auch heiraten, Urigkeit. Die dann erfolgte »Beiwohnung« selbst ist keine Vertragsverletzung, sondern, na, ich glaub', Sie wissen schon … Aber, wenn Sie dann davonlaufen, Urigkeit, ist das gem. §1299 BGB ein Rücktritt vom Vertrag Ihrer Verlobung, weil Ihre Verlobte, die Klägerin, Sie ja rausschmeißen musste nach allem, was Sie sich so geleistet haben! Dann sind Sie gemäß § 1300 BGB zum Schadensersatz verpflichtet.«

»Herr Vorsitzender,« meinte ich melden zu müssen, »das muss doch erst einmal bewiesen werden!«
»Aber Kollege, noch ein wichtiger Satz des Ahldener Landrechts: Das Gericht wohnt in Ahlden, das Gericht weiß von allem in Ahlden. Dann muss so etwas nicht noch bewiesen werden!«
»Aber, Herr Vorsitzender!« schmunzelte Rechtsanwalt Dr. W. zum Vorsitzenden. »Die Juristerei ist doch nicht immer so trocken, wie viele meinen. Also: Dann will ich doch im Hinblick auf die Bedenken des jungen Kollegen Lueken beantragen, den Beklagten als Partei zu vernehmen. Im Übrigen wird er von sich aus aussagen, sozusagen freiwillig, ohne ›Antrag‹« und ›Beschluss‹!«

Und der Vorsitzende nun wieder zum Beklagten: »Na schön. Also Urigkeit, nun mal ehrlich: Die Verlobung kam ja wohl zu Ende. Da kann man auch die Gerda verstehen! Ihr gerichtsbekannter Seitensprung, Urigkeit! Und dann noch das Prahlen, dass Sie das »Marjalchen«– wie Sie in Ostpreußen ja sagen – …, na Sie wissen schon, sind eben Erklärungen, die darauf gerichtet waren, den Rücktritt vom Verlöbnis-Vertrag zu erklären, so sagen wir Juristen das nun mal. Haben Sie dazu etwas zu sagen?«

Der Urigkeit, er tat, was er am besten konnte: er schwieg.
Dann aber plötzlich: »Mir ist jekommen der Gedanke, dass es mecht richtig sein, nu zu melken im Stall das Zickchen.«

Der Vorsitzende nun aber sichtlich ungehalten: »So, Urigkeit! Jetzt reicht's! Sie sind hier bei Gericht! Sie werden hier bleiben. Sie haben sich nun wirklich nicht wie ein Ehrenmann verhalten«. …Und schmunzelnd weiter: »Wenn Sie während Ihrer Verlobungszeit schon fremdgehen, darf das nicht auch noch hier in Ahlden sein.«
Und nun doch wieder leicht amüsiert: »Ihre Verlobte, die Klägerin,

hat sich nun mal entlobt, weil Sie das nun einmal verbockt haben – ja, sozusagen im wörtlichsten Sinne. Weil nun einmal Ihre Verlobung und auch Ihr anschließendes Techtelmechtel hier in Ahlden nun wirklich rum war, dürfte auch eine Art von Schmerzensgeld, eben Kranzgeld, zu zahlen sein. – Allerdings, Herr Rechtsanwalt Dr. jur. W., ein deliktischer Anspruch gemäß §823 BGB kommt hier überhaupt nicht in Frage. Das wär's nur, wenn Urigkeit gegen den Willen der Klägerin ihr beigewohnt hätte, also sie etwa vergewaltigt hätte, dann wär's § 823, eine unerlaubte Handlung, die auch zum Schadensersatz verpflichtet hätte. Eine Vergewaltigung ist nun einmal gerichtsbekannt nicht der Fall gewesen! Also, Urigkeit ...«

Eine kurze Pause entstand. In den Köpfen kaute, schmatzte, verdaute dieses Gericht offensichtlich die »Untaten«, die der Urigkeit wohl in vollen Zügen genossen hatte und sich der vorsitzende Richter jetzt so gut vorstellen konnte.

Richter Dr. H. dann aber weiter: »Aufgrund des Antrages des Herrn Klagevertreters wird beschlossen und verkündet:
Der an Gerichtsstelle anwesende Beklagte wird als Partei vernommen. Setzen Sie sich hier auf den Zeugenstuhl. Sie müssen die Wahrheit sagen. Sonst werden Sie durch diese Gericht erheblich bestraft. Sie können auch schweigen, Urigkeit.

Also: Name?«
»Urigkeit.«

»Alter?«
»Mecht sein 41 Jährchen.«

»Geburtsort?«
»Kreis Allenstein.«

Dem Urigkeit ist Schweiß auf der Stirn, woran er sich kratzt.
»Ja, aber Herr Doktorchen. Ich hab, mecht ich anmerken, vernommen doch nach unserer Verlobung, nach einem scheenen Weilchen erst, dass Marjalchen, sie, jewaschen vorher schon hat für Grigoleit A.«
Der Vorsitzende: »Urigkeit, was soll das denn heißen? Dass die Klägerin nicht mehr unbescholten gewesen ist?«

Nun, weil Urigkeit nun nicht sagte viele Worte in einer Folge, tat er das, was zu tun ihn dann beliebte und ließ sich erst nach einem Weilchen folgendermaßen vernehmen: »Na, da wird ich in Anspruch nehmen für mich die Wahrheit. Mecht lassen wissen, dass die Wäsche« so sprach er, »war von besonderer Art. Es war ken Mitz. Es war ken Strumpf. War wohl vom Lachodder Grigoleit sein Schlipferchen.« Und dann ließ er sich vernehmen zu Grigoleit im Sitzungssaal: »Hab ich richtig gesprochen?«

»Das ist doch völlig unerheblich hier«, ermahnte der Vorsitzende, »kommen Sie nun endlich mal zur Sache!«

Und Jinterchen sprach zur allgemeinen Überraschung: »Na, mecht meinen, er hat jeglubscht nach dem Trautchen. Na je, bin jewesen gnadderig. Hab jeholt den Riemen und versengt den Grigoleit! Aber nu«, so sprach er »sind wir wieder pannebratsch. Wird jewesen sein ein Schnäpschen oder noch eens.«

Der Richter Dr. H. nun aber ärgerlich: »Wollen Sie also behaupten, dass die Klägerin nun doch nicht unbescholten war?«
»Na je, Herr Jericht, ein fijuchlige Jungsmarjallchen war se – Grigoleit ...«, so sprach er.

Den Grigoleit kannten wir alle hier Sitzungssaal Nummer Zwei des Amtsgerichtes Ahlden. War in der letzten Woche verurteilt worden wegen Trunkenheit im Verkehr. Mit 2,8 Promille war er auf der Straße von Hodenhagen nach Ahlden vom Fahrrad gefallen, nachts. Der D. war mit seinem Rad von Ahlden nach Hodenhagen unterwegs, über ihm zu Fall gekommen und hatte sich böse verletzt.
Also ließ sich Grigoleit vernehmen: »Das Zich, es war zerkoddert. Anderes habe ich nicht, Rock und Strimpf. Er tat kommen in diesem Augenblickchen, der Urigkeit Jinter.«

Nun meinte ich nun wirklich den Beweis geführt zu haben, dass eben doch die Gertrud nicht so ganz unbescholten war. »Herr Vorsitzender, damit hat ja wohl der Zeuge hinreichend bewiesen, dass die Klägerin nicht so gänzlich unbescholten war, wie sie es uns hier weismachen will ...«

Ich unterschätzte einmal wieder das Ahldener Landrecht.

Der Vorsitzende wollte ersichtlich Schluss machen: »Urigkeit, Sie wollen also behaupten, dass Ihre Verlobte …, Urigkeit, ich mache Sie noch einmal auf Ihre Wahrheitspflicht aufmerksam! Die Klägerin wohnt Zeit ihres Lebens bei uns in der K.-Straße. Und ich in der Lindenstraße um die Ecke. Sie stand sozusagen immer unter der Aufsicht des Gerichtes. Nich, W.?« zum Rechtsanwalt der Klägerin.

Dieser dann: »Ja, ich habe von meinem Büro in der Breiten Straße den Herrn Vorsitzenden bei seiner ›Aufsicht‹ auch in der Aufsicht gehabt«, schmunzelte Dr. jur. W.

»…Und das mit der ›Beiwohnung‹ im Übrigen werden Sie ja wohl auch nicht mehr bestreiten«, setzte das Gericht vereinfachend nach. »Denken Sie an das, was Sie neulich beim Erntefest laut herumposaunt haben!«

Der Beklagte Urigkeit wird zusehends kleiner auf seinem Zeugenstuhl: »Bitte festzustellen, es wird jewesen sein eine Klaterbastigkeit im Kopf« und sieht hilfesuchend zum Wachtmeister.

»Der Zimmermann kann Ihnen hier auch nicht helfen!«, meint der Richter belehren zu müssen. »Soll ich da mal ein paar Zeugen laden, die auch beim Erntefest dabei waren? Da soll die Klägerin mal sagen, ob sie dem Beklagten beigewohnt hat.«

Und dann zu der im Gerichtssaal anwesenden Gerda B.: »Also, Gerda: War denn schon vor dem Urigkeit einer bei dir gewesen, so über Nacht? Hier musst du natürlich bei der Wahrheit bleiben.«

Entrüstet sagt die Klägerin nach einem kurzen Blick zu dem Urigkeit: »Bi us up 'n Dorpe geit dat mal jammers nich: Nein, Herr Doktor, das hab ich nicht.« Und dann nach einer kleinen Pause: »… na ja, manchmal schon.«

Der Vorsitzende mit Überzeugung: »Also Urigkeit, willst du immer noch behaupten, sie hatte was mit Grigoleit gehabt, sozusagen vor dir?«

»Oh, demjemäß wohl nich.«

»Na, siehste! Dann erkennen wir den Anspruch man schon an.«

Urigkeit, ersichtlich erleichtert: »Wenn's dann mecht zuende sein so hier mit den vielen Wörtchen ... Na, je doch ...«

Der Vorsitzende, wohl auch erleichtert:
»Also: Schluss jetzt! Zu Protokoll:
›Der Beklagte erkennt den Anspruch der Klägerin zur Zahlung von 500,00 DM Kranzgeld nebst 4 % Zinsen ab Rechtshängigkeit an.
Die Klägerin nimmt die Klage hinsichtlich des Herausgabeanspruches zurück.
Die Kosten des Rechtsstreites tragen die Parteien je zu ein halb.
Die Sitzung ist geschlossen.‹

Und mit Tempo: »W., jetzt man schnell zu Hohls, nach gegenüber. Wir wollen was gegen die Kälte tun ... Wachtmeister, bringen Sie meine Robe weg.«

Der Urigkeit atmet auf, »es ist vorbei« ... die

Sache 2 C 989/70.

# Zitate,

aus den Handakten aufgesammelt:

20.04.1982:
Verkehrsbetriebe Wuppertal, nach einem verlorenen Rechtsstreit (Unfall mit einer Straßenbahn) an Rechtsanwalt W. M.:

*Ein Rechtsmittel gegen das Urteil des Amtsgerichtes Walsrode wollen wir nicht einlegen ... Wir können uns aber des Eindruckes nicht erwehren, dass sich der Richter mit der Problematik des Vorranges des Schienenverkehrs nicht beschäftigt hat. Seine Stärken mögen den örtlichen Gegebenheiten entsprechend mehr auf dem Gebiet der Tierhalterhaftung liegen ...*

---

Mietsache:
Mängel der Mietsache:

*... bezüglich der Mieterin Frau H. müsste der Dachdecker eine Undichtigkeit beheben ...*

---

An das Amtsgericht Walsrode, 15.11.1983
Betr. 8C .../ 83 G. / W.

*... und nun kommt in meinen Augen die Blödsinnigkeit des Gerichts ...*
*Durch solche Urteile ist klar, warum heute die Gerichte angeblich mit Arbeit überlastet sind ... Es wird Zeit, dass die Richter einmal auf Leistungsfähigkeit abgeklopft werden ...*

Die Gerichte:
1974 wurde der Sitz des Landkreises von Soltau nach Fallingbostel verlegt. Die Soltauer Bürger waren aufs Äußerste aufgebracht, auch ein Richter am Amtsgericht Soltau:

Amtsgericht Soltau, 18.09.1978
   Gesch. Nr. 4 C 358

> I. Wird unter Bezugnahme auf den Schriftsatz vom 14.09.1978, Blatt 2 unten, um Aufklärung gebeten, ob dem erkennenden Richter unterstellt werden soll, sich bei der Rechtsfindung durch die Frage des Kreissitzes beeinflussen zu lassen.
> X., Richter am Amtsgericht

---

Amtsgericht Walsrode, 25.09.1979
   8 C ... / 79

> In Sache M. ./. H. wird Ihnen aufgegeben, die Hose zum Termin mitzubringen ...

---

Amtsgericht Walsrode, 09.11.2001
   Fam. Sache L. ./. L.

> Sehr geehrter Empfänger,
> ... wird Ihnen mitgeteilt, dass es bezüglich des neu eingerichteten Kassensystems ... diverse Probleme gibt ... Es wird höflich um Nachsicht und noch um ein wenig Geld gebeten ...

Ein Mandant an Kollegen Lock (seiner Zeit Seniorkollege unserer Kanzlei):

Dank!

*Wenn alle Stränge reißen,*
*geh'n wir zu unserem Lock.*

*Wenn wir's alleine machten,*
*so schössen wir 'nen Bock.*

*Als ein geriss'ner Händler*
*den Kaufvertrag erschlich,*
*macht Lock ihm durch die Rechnung,*
*bald einen groben Strick ...*

*So hat er uns beraten*
*in allem Zank und Streit.*
*Wie können wir ihm zeigen*
*den tiefgefühlten Dank?*

---

Amtsgericht Walsrode, 05.07.1991
Testamentshinterlegungssache Dr. S., Rethem

*Sehr geehrter Herr Notar,*
*Um Angabe über die Personalien der hinterlegten Person ...*
*und des Wertes vom Testament wird gebeten.*
*N., JHS*

---

In einer Familienrechtssache beim Amtsgericht Soltau:

> … wird Ihre Partei aufgefordert, … zu unterlassen, sie unbekleidet zu fotografieren. Am … musste beobachtet werden, wie Ihr Mandant heimlich durch die Tannen schlich, um zu versuchen, seine auf der Terrasse sich unbekleidet aufhaltende Ehefrau zu fotografieren …

---

R …, Attorney at law,
Greenwich / Connecticut:

> …On March 24., 1976, I advised Mr. Kolleg. Hochachtung that the funds are on deposit.
> I further advised Mr. Hochachtungsvoll that …

---

Mandantin R. im Sprechtag, nach Abschluss der Beratung:

> »Na, Herr Rechtsanwalt, watt köst denn wedder düsse Audienz, nen Appel und een Ei? … Na, wi wütt dat nun wohl noch mal verkonsultieren … mit 'n Appel un' Ei.«

Zum nächsten Termin brachte sie zwei große Tüten »Bioäppel« mit.

---